九頭七尾
ill.
へいろー
Middle Age Adventurer
Allways On D Rank
Pull Up A Sword Of Legend
Under The Influence
Of Alcohol
万年Dランクの中年冒険者、
酔った勢いで
伝説の剣を引っこ抜く

「くそ、飲み過ぎでついに幻覚症状か!?」
万年Dランクの底辺冒険者
ルーカスが目覚めると、
広場に刺さっていたはずの
伝説の剣があった。
ルーカス

でんしぇちゅのちゅるぎ、
抜いたどお〜〜〜！

……わたしを、抱いて？

アリア

おらあああああっ！！

我を
投げおったあああっ⁉
ウェヌス

CONTENTS

Middle Age Adventurer Allways On D Rank
Pull Up A Sword Of Legend
Under The Influence Of Alcohol

万年Dランクの中年冒険者、酔った勢いで伝説の剣を引っこ抜く

九頭七尾

ill. へいろー

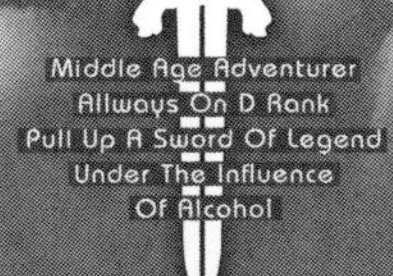

ルーカス

万年Ｄランクの底辺冒険者だが、酔って伝説の剣を引き抜いたことで人生一発逆転したおっさん。チートな力で活躍するも、ヒロインを抱くのも酔った勢いなので、割と小心者？

「俺みたいなおっさんのどこがいいんだ？」

「――生憎とわたし、もう彼に大人の女にしてもらったから」

アリア＝リンスレット

没落した家の名誉と誇りを取り戻すために騎士学校への入学を志している真面目な女の子。感触も形も完璧なおっぱいの持ち主。

『むぅ……お主、
鈍感系主人公じゃったのか……。
じゃが、それも一興かの！」

ウェヌス＝ウィクト

愛と勝利の女神ヴィーネによって生み出された伝説の剣。所有者に話しかける事ができる。ルーカスに嫁を増やせ、ヒロインを抱けとしきりにせっつくエロ剣。

クルシェ

性別を偽り在学している騎士学院の上級生で
ルーカスのルームメイト。
見惚れるほど綺麗で形の良いお尻——
プリケツの持ち主。

「大丈夫！
ぼくの身体は
普通の人よりも
ずっと頑丈だから！」

PROLOGUE

◆プロローグ◆ 酔った勢いで伝説の剣を引っこ抜く

「おい、おっさん、なにトロトロしてんだ」

「あたしら早く先に行きたいんだけどさ～？」

「素材拾いすらまともにできないとか。マジで使えねー奴(やつ)だな」

くそっ、うるせぇな、若造どもが。

少しは手伝ってくれたっていいだろうに。

俺(おれ)は内心でそう悪態を吐きつつも、辺りに散らばった素材を必死に集めていた。

いずれも低級のドロップアイテムで、一つ一つは大した値段にならないが、これだけあればそこそこの稼ぎにはなるだろう。

十匹近いコボルトの群れを殲滅(せんめつ)したのは、俺を含めた計四人の冒険者パーティ。

四人で割れば、だいたい一人当たり銀貨二～三枚といったところか。

……どうせ、俺の取り分はせいぜいその半分以下だろうけれど。

「ほら、ここにも落ちてるぜ」

パーティのリーダー格、レイクが自分の足元を指差して言う。

体格に恵まれた剣士で、ギルドからも期待されている若手だ。

それくらい自分で拾えよと思いつつ、俺はその素材に左手を伸ばした。

「痛っ？」

「おっと、悪ぃ。ちょっと足が滑ったわ」

レイクに手を踏まれてしまったのだ。

顔を上げると、嘲笑を顔に張りつけてこちらを見下ろしていた。

このクソ……どう考えてもワザとだろ。

俺は憤って睨みつける。

「ああ？　何か文句あんのか？」

すると開き直ったように逆切れしてきやがった。

こっちこそキレていい場面だと思うのだが、しかしそんなことをしたら俺の取り分が減らされるだけだ。

「いや、何も……」

俺はどうにか怒りを堪えると、目を逸らしてぼそぼそと返すしかなかった。

「ははは、情けねーなぁ。オレ、絶対こんなおっさんにはなりたくねーわ」

それを見て、シーフのサルージャが大声で笑う。

ひょろっとした細身の青年で、直接的な戦闘はあまり得意ではないものの、シーフとしての腕は確かだ。

「てかさ～、このおっさん、たまにあたしのことジロジロ見てる気がするんだけど？」

最後の一人、魔法使いのメアリがそんなことを言ってきた。

彼女はこのパーティの紅一点だった。

「マジかよ。てめぇ、なに人の女に劣情催してやがんだよ？」

彼女の肩をこれ見よがしに抱き寄せると、レイクが俺に忠告してくる。

二人は付き合っているのだ。

「こいつ、この歳でまだ独身だろ？　はははっ！　メアリのことネタにして、絶対毎晩シコってるって！」

サルージャがからかうように言う。

「ちょ、やめてよ。それ、マジで想像しただけで吐気するんだけどさー？」

……俺だってお前みたいな性格の悪いビッチはごめんだ。

確かに容姿は悪くないし、身体つきは男の理想形。

そのため、たまにちらっと胸やお尻を見たりしてしまうことはあるが、ジロジロ見たりはしていないはずだし、サルージャが言うようなことも――いや、一度か二度くらいはあったかもしれん……。

てか、凹凸がよく分かるぴっちりしたローブを身に着けてる方も悪いだろ。

俺の記憶が確かなら、レイクは二十二歳、メアリは二十歳、サルージャは二十一歳だ。

一方、俺の年齢は三十七。

……見た目はよく四十半ばに見られるが、一応まだ三十代だ。

こんなふうに一回り以上も年下の若者たちに馬鹿にされて、悔しくないわけがない。

元々このパーティは彼ら三人で構成されていたのだが、俺はそこに誘われて後から加入した。

一年くらい前のことだ。

こんなパーティ、抜けてしまおうと思ったことは何度もあった。

それでも未だに彼らと冒険を続けている理由は単純。

確かに俺の取り分は少ないが、それでもこのパーティにいる方が稼ぐことができるからだ。

十八のときに冒険者になって、もうすぐ二十年。

ベテランと言えば聞こえがいい。

しかし俺は冒険者になった直後に一度だけ昇級して以降ずっと、万年Dランクの底辺冒険者だった。

新人の頃はそこそこ期待されていたんだ。

けど、十九のときに魔物にやられ、右手がロクに使えなくなってしまう。

それでも若い頃はどうにかやっていけていたのだが、この十数年の歳月で負ってきた色んな怪我が原因で、すでに身体はボロボロ。

お陰で年々稼ぎが減ってきている。

古傷は回復魔法やポーションでは治らないのだ。

特にここ数年はかなり苦しい生活が続いていたので、レイクたちに声をかけられたときは、天の助けとばかりに喜んだものである。

けれど、待っていたのは荷物持ち同然の毎日。

彼らは最初から、俺を戦力として期待していたわけではなかったのだ。

冒険者一筋だった俺が、今さら他(ほか)の仕事で食っていくのは難しい。

そんな俺の弱い立場を理解しているからか、彼らは俺のことを奴隷のように扱(こ)き使ってきていた。

この日の俺の取り分は銀貨三枚だった。

贅沢(ぜいたく)さえしなければ、これでだいたい二日分くらいの生活費にはなる。

俺自身の手では魔物を四体しか倒していないことや、ソロと違って死ぬ危険性が低く、また経費も抑えられることを考えると、まぁ悪くない稼ぎだろう。

貯金する気にはなれない。

大抵、酒で金は消えていく。

俺は冒険帰りにはほぼ必ず酒場に立ち寄って、安いエールをがぶ飲みしていた。

正直言ってあまり美味(おい)しくないし、俺はそもそも酒に強くないのだが、ストレス発散には不可欠だ。

別に安くても不味(まず)くてもいい。

酔えさえすればそれで十分だった。

「おい、ルーカス。今日はいつも以上に飲み過ぎだぜ」

「飲まないとやっていけねーんだよ」

でろんでろんに酔っ払った俺を、店主が心配してくれる。

今さらだが、ルーカスというのは俺の名だ。

俺はぐいっと一気に残りの酒を飲み干した。

「もう一杯！」

「もうやめておけ。それに、そろそろ閉店だ」

「ケチくせーこと言うんじゃねー。客がいる限り閉店じゃねーんだよ～」

「無茶言うなって」

結局、酒場を無理やり追い出された。

「気をつけて帰るんだぞ」

「あいあーい」

俺は店主に手を振って、ふらつく足取りで歩き出す。

「あれ？　ここどこだっけな？」

気がつけば見知らぬ場所にやってきていた。

いや、もうこの街にかれこれ十年以上いるのだ。

知らない場所なんてない。

ここは街の中心にある広場だ。

しかし俺の家とは真反対の方向。

どうやら間違って逆の道を歩いてきてしまったらしい。

まぁでも、少し夜風に当たって涼みたい気分だったし、ちょうどいいや。

俺は広場の中心までやってくる。

そこには巨大な岩があって、シンプルな造りの直剣が刺さっていた。

それは英雄が使っていたとされる——

「——でんしぇつの、ちゅるぎ」

呂律が回んなかったよ……。

一説によれば、あれは伝説の英雄が使っていた剣だとか。

この街ができる前からあるらしい。

つまり最低でも、二、三百年はあの場所に突き刺さっているということになる。

見た目はごく普通の剣。

ただし何年も風雨に晒されたというのに、錆びついたりはしていない。

過去、様々な手段であの剣を抜こうという試みがなされた。

だがその悉くが失敗に終わったという。

あの刺さっている岩自体も特殊な鉱物でできているようで、破壊することができないらしい。

昼間に来ればたまに挑戦している人間を見かけることもあるが、今はさすがに人っ子一人見当たらなかった。

「えーゆーかぁ」

脳裏に浮かぶのは、幼い頃に抱いていた夢。

田舎の農村に生まれた俺だが、ずっと英雄に憧れていた。

王宮に仕える騎士になり、実績を上げて近衛兵に。

しかしある日、神話で語られるような邪悪なドラゴンが出現し、護るべきお姫様を奪われてしまう。

その後、仲間とともにドラゴンに立ち向かい、これを撃破。

無事にお姫様を助け出して凱旋し、名実ともに英雄と讃えられる人物になる——

まさに子供ながらの夢物語だな。

さすがにもう少し大きくなると、そこまで突飛な妄想をすることはなかったが、それでも王都にある騎士養成学校の入学試験を受けるため、俺は周囲の反対を振り切って十五のときに田舎を飛び出した。

三度も挑戦したにもかかわらず、結局、突破できずに終わったのだが。

それから仕方なく冒険者になって……今に至る、というわけである。

……このとき、俺は酔っていた。

酒の勢いで嫌なことを忘れて、気分が高揚し、今の自分なら何でもできるというような気になっていた。

真っ直ぐ歩くことすらままならないというのに、気づけば俺は岩によじ登っていた。

「俺様はえーゆーだぁ～。ならら、この剣を抜けないはずがにゃーい！」

呂律の回らない大声で馬鹿なことを叫ぶ。
もし素面だったら、いい歳して絶対こんな恥ずかしいことはできない。
それでも今の俺は酔っていた。
何の根拠もないというのに全能感に満ち溢れていた。
剣の柄を左手で摑むと、思いきり上に引っ張って——
ズボッ。

——抜けた。

「はっはっはっはぁ～！　どうらぁ～！　見らかぁ！　でんしぇちゅのちゅるぎ、抜いたどぉ～～～————ほえ？」

第一章

神剣ウェヌス＝ウィクト

EPISODE 01

ALLWAYS ON D RANK

1

「くそ……頭が痛い……」

翌朝、俺は酷い二日酔いに見舞われていた。

カーテンから差し込む朝の陽ざしに顔を顰めながら、ベッドの上でゆっくりと身を起こす。

「あ～……いつ家に帰ってきたんだっけ？　夜の記憶がないな……」

いつものように酒場で飲んだくれていたところまでは覚えているんだが……。

「そういや、道を間違えて広場に行っちまったんだっけ。それで……」

徐々に記憶が戻ってくるにつれ、俺は恥ずかしくなってきた。

俺は英雄だ！　なんて叫びながら、伝説の剣を抜こうとしたんだった。

なんて痛いおっさんだよ……。

ま、まぁ、酒に酔った勢いだったし？

さすがに素面であんなことはしない。

うん、すべて酒が悪い。

それにしても真夜中の誰も見てないときでよかったぜ……。

「てか、剣が抜けたような記憶があるんだが、あれは夢だったんだろうな。……ん？」

ベッドから降りようとした俺は、何か硬い物を踏みつけてしまう。

何か置いていたのだろうかと、床へと視線を落とした。

――剣が落ちていた。

「……は？」

そこにあったのはシンプルな造りの直剣。

まさしく、あの広場で岩に刺さっていた剣だった。

「……お、落ち着け。どうやらまだ俺は夢を見ているようだ」

俺は深呼吸しながら自分の頬を抓る。

普通に痛い。

「夢じゃないとすれば、幻覚か？　くそ、酒の飲み過ぎでついに幻覚症状まで出てきやがったのか……」

一応、ごしごしと目を擦ってみるが、剣は消えない。

俺は柄を掴んで持ち上げてみた。

ずっしりと、確かな重みが手にかかる。

「幻覚でもなさそうだな……。となると、よく似た偽物か？　うん、そうだな。きっとこいつは偽物だな。何でこんなところに落ちてるのかという謎は残るが……もしかして酔った俺が武器屋から盗んできたとか？　だとしたらまずいぞ……」

『偽物ではない。本物じゃ』

「っ？」

突然、聞き覚えのない声が聞こえてきた気がした。

今度は幻聴かよ……。

いよいよもって俺はヤバいかもしれん。

『幻聴でもないわい。我は神剣ウェヌス＝ウィクト。長らくこの街で眠っておったが、昨晩お主の手によって目覚めたのじゃ』

再び声が聞こえてくる。

俺はポカンとなった。

け、剣がしゃべっている、だと……⁉

『随分と間抜けな面じゃのう。しゃっきりせぬか。お主は愛と勝利の女神ヴィーネによって生み出された、この我の契約者に選ばれたのじゃぞ？』

「ちょ、ど、どういうことだ？　契約者？　俺が？」

愛と勝利の女神ヴィーネと言えば、誰もが知る三大神の一柱だ。

そんな存在が作った神剣に、俺が選ばれた……？

『うむ、その通りじゃ』

俺は大いに困惑した。

そりゃそうだろう。

いきなり神剣に選ばれたなんて言われても、信じられるはずがない。

何せ俺は、万年Ｄランクの底辺冒険者なのだ。

しかもおっさん。

「てか、別に契約した覚えはないんだが？」

『抜いた時点で自動的に契約されるのじゃ！　そして解約はできぬ』

性質(たち)の悪い詐欺みたいな契約だった。

「何で俺なんかが？」

『さあのう？』

「さあのう、って……。お前が選んだんじゃないのか？」

『例えば、じゃ。お主が好きな食べ物があるとする。果たして、それはお主自身が選んだものか？』

「……違うな。気づいたら好きだっただけだ」

『それと同じことじゃ』

なるほど、分かるような分からないような。

「……うん、とりあえずいったん放棄し、俺は立ち上がった。

深く考えることをいったん放棄し、俺は立ち上がった。

『お主、案外とマイペースじゃのう……』

今日もレイクたちと冒険に出る予定で、待ち合わせをしているんだよ。なのでそろそろ準備を始めなければならない。

俺が住んでいるのは狭くて古いボロアパート。

風呂とトイレ、それから洗面所は共同だった。

部屋から廊下に出たところで、ちょうど隣人に出くわす。

隣の部屋に住む老夫婦の夫人の方だ。

「おはようございます」

「おはようございます――あら？」

「……？」

「ルーカスさんの親戚かしら？　珍しいわね」

夫人はそうにっこり微笑んでから、部屋に戻っていった。

「親戚？　何を言ってんだ？」

もしかしてボケたのだろうか……可哀想に。

そんな心配をしつつ、洗面所で鏡の前に立った俺は、そこで先ほど彼女が驚いた理由を知ることとなる。

「……誰だ、こいつ？」

いや、誰というか、鏡の前に立っているのは俺なのだから、俺以外にあり得ないはずなのだが……。

しかしどう見ても、最近めっきり老け込んできつつあった俺の顔ではない。

まず肌の血色がいい。

たぶん酒の飲み過ぎなのだろうが、俺は病人みたいな青白い顔色をしていた。

それが今、若い頃のような健康的な色に戻っているのだ。

目尻も引き締まり、髪の毛にも艶が戻っていて、無精ひげを剃ったらアラサーに見えるかもしれない。

十歳くらい若返った気分だ。

まぁ元が老けていて四十代に見えたからだが。

また先ほどの声が聞こえてくる。

『我と契約したことによる特典の一つじゃ』

「そんなことができるのか……」

神剣が意地悪そうな笑いを漏らした。

『くくっ、お主、歳の割に随分と老けておったからのう。それに酷く不健康じゃったぞ』

「ほっとけ」

しかし何より驚いたのは、

「右腕も治ってる……？」

「あのままじゃ我を扱うのに不便じゃからのう」

その他の古傷もどこにも見当たらない。

痕も残らず、完全に綺麗になっていた。

『ちなみに減退しておった性欲も強めてやったぞ』

「道理で朝っぱらから股間が」

『何じゃ、お主。もしかしてさっきのババアに興奮したのか？』

「断じて違う」

ともかく信じられない奇跡だ。

まだ半信半疑だが、本当にこいつは神剣なのかもしれない。

いつになく晴れやかな気分で洗顔すると、俺は部屋に戻って朝食を食った。

2

家を出た俺は、自称・神剣を背負って目的地へと向かった。

見た目はどこにでもあるようなごく普通の剣であるため、誰も気づく様子はない。

広場にあった神剣がなくなったとかで、ちょっと騒ぎになっている様子だったが。

「あっ、やっと来たし。遅いって――――っ？　……誰？」

待ち合わせの場所に行くと、すでに三人は先に来ていた。

朝から色々と驚かされたせいで、少々遅れてしまったのだ。

しかし案の定と言うべきか、俺を見た三人は「誰だこいつ？」「えっ？　おっさんじゃねーよな？」

という顔をしている。

どうやらあまりにも急に見た目が若くなったため、すぐには本人だと思えないらしい。

俺はふと、良いアイデアを思いついた。

「すまない、いつも兄が世話になっている」

「あいつ、弟がいたのかよ……？」

弟だということにしたのだ。

これなら似ていることにも説明がつくしな。

そして今日の参加は難しくなったということを伝えた。

こいつらと冒険するより、俺は一刻も早くこの剣の性能を確かめてみたかったのだ。

「ふざけんな。荷物持ちのくせにドタキャンしやがって」

「なぁ、レイク。あいつ、もうクビにしちまったらどーだ？」

本人が目の前にいるとも知らず、そんな罵倒を口にするレイクたち。

いや、本人がいても普通に言いそうだが。

『お主、随分と若造どもに馬鹿にされておったようじゃのう？』

……残念ながらその通りだよ。

「まぁまぁ、仕方ないわよ。今日はあたしらだけで行きましょう」

メアリだけは理解を示し、レイクたちを宥める。

こいつ、こんな物わかりのいい性格だったっけ？

いつもであれば、「はぁ？　おっさんマジ使えないじゃん死ねば？」と吐き捨てていそうなところだ。

「それより、伝えてくれてありがとうございます。あたしはメアリって言います。えっと、あなたは……？」

なぜか名前を聞かれたんだが？

「俺は、る……ルークだ」

俺は適当に偽名を名乗った。

「武器を持ってるってことは、もしかしてルークさんも冒険者なんですか？」

「ああ、一応」

「そうなんですねっ。いつか機会があったら、ぜひ一緒に冒険してみたいです。ふふっ」

……いやいやいやいや、誰だよ、お前？

『そこそこ可愛い娘ではないか』

見た目だけはな。

いつもとまるで違うメアリの態度に困惑しつつ、俺はその場を後にした。

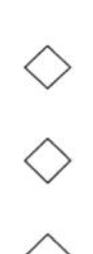

レイクたちのパーティに加わる前、俺はゴブリンキラーなんて二つ名をつけられていたこともあった。
もちろん称賛ではない。

最弱の魔物として知られているゴブリンばかりを狩っていることを揶揄されたのだ。

若い頃であれば、一対一でもどうにかオークを倒すことができた。

冒険者ギルドが定める、オークの危険度のランクはＤ。

一応、Ｄランク冒険者であれば、単独でも太刀打ちできる強さとされている。

だが歳を経るにつれて、俺の主な狩り対象が危険度Ｅ上位のコボルトになり、Ｅ下位のゴブリンになり、とだんだん低レベルの相手になっていった。

ぶっちゃけ、Ｄランク相当の実力があるかも怪しかった。

しかし古傷が癒えた今の俺なら、またオークを討伐できるかもしれない。

というわけで、俺は期待を胸に、オークがよく出没する森林地帯へとやってきていた。

「っ……いた」

早速、発見する。

幸いなことに一体だけだ。

オークはゴブリンやコボルトと違ってあまり群れない魔物だが、それでもたまに数体ほどで群れていることがある。

「ぶひ？」

と、匂いで俺の存在を察したのか、オークが鼻を鳴らして辺りを見渡す。

発見される前にと、俺は木の陰から飛び出した。

背後からの足音に気づき、オークがこちらを向く。

だが遅い。

俺の剣がオークの右肩に直撃。

「えっ？」

まるでバターでも斬ったかのような感覚だった。

コボルトやゴブリンより皮は分厚いはずだが、驚くほどあっさりと刃が通ったのだ。

オークの左脇から剣先が抜ける。

斜めに胴体を両断されたオークは、目を見開いたまま絶命した。

「……こんなに簡単に倒せていいのか？」

オークの身体が灰となって崩れ落ちる。

人間や動物と違い、魔物は死ぬと元の形を保てずに灰と化してしまうのだ。

『むしろオークくらい軽く屠れんでどうするのじゃ』

「いや、俺にとっては結構とんでもないことなんだけどな……」

なにせ、最近はコボルトですらキツイと思うようになっていたくらいだ。

『少し我の性能について説明しておくべきかの』

「性能？」

『うむ。まず単純に攻撃力はそこらの名剣などより遥かに高い』

オークは意外と筋肉があるため、それなりに肉が硬い。

それをああもすっぱり斬ることができたのだから、並の攻撃力ではないことは間違いないだろう。

『さらに、身体能力の向上、自然治癒（ちゆ）力の上昇、毒や麻痺（まひ）などの状態異常への耐性、武運の上昇、ラッキースケ……といった【特殊効果】もついておる』

最後に言いかけた言葉が気になったが、ともかく驚くべき性能だった。

そもそも【特殊効果】というのは、一部の高級武具や魔導具などにしか備わっておらず、俺のような貧乏冒険者に手が届くものではない。

しかも一つの武具に、多くてもせいぜい一つか二つだ。

『じゃが、最も特筆すべきなのは【固有能力】の〈眷姫後宮（クイーンズハレム）〉じゃな』

「〈眷姫後宮（クイーンズハレム）〉……？」

『そう、これこそが愛と勝利の女神ヴィーネによって生み出された、我の真骨頂（しんこっちょう）とも言える能力なのじゃ』

「具体的には？」

『簡単に言えば、お主に嫁が増えれば増えるほど我の性能が上がる』

………なに言ってんだ、こいつ？

3

『む？　聞こえなかったのか？　お主に嫁が増えれば増えるほど、我の性能が上がると言ったのじゃよ』

ええと？　よめ？　よめって何だっけ？

『嫁は嫁に決まっとるじゃろ？　他に何があるというのじゃ？　正確には〝眷姫〟と言って、お主と愛の契りを結んだ相手のことじゃがな。そして〝眷姫〟が多ければ多いほど、我がパワーアップしていくという寸法なのじゃ！』

「はは」

俺は思わず乾いた笑い声を漏らした。

「言っとくが、俺は三十七年間ずっと独身だったからな？」

『過去は過去じゃろうが』

「相手がいない」

『今朝の娘っ子はどうじゃ？』

「無理だな」

『これ！　端から諦めるでない！　以前ならまだしも、今のお主はそこそこ見れる顔にはなっておるのじゃぞ？』

「そもそもあいつ、レイクと付き合ってるし」

『略奪すればええじゃろうが！』

略奪て……こいつ本当に神剣なのか……？

いずれにしても、その能力は俺には縁がなさそうだ。

現状でも十分過ぎるほどの性能だしな。

ウェヌスは何やら喚き続けていたが、適当に聞き流しながら狩りを続けた。

どうやら最初の一体がマグレだったわけではないらしい。

その後も「こんなに弱かったっけ？」と思わず拍子抜けするほど、簡単にオークを討伐できてしまう。

今もまた、俺の目の前で巨体の胴体が真っ二つに割れて灰と化した。

相変わらずの切れ味だ。

『ふん。こんなもの、まだまだかつての性能からは程遠いわ』

無視されたことを怒っているのか、ウェヌスが拗ねたように呟いていた。

やがて気づけば夕暮れになり、俺は街に帰ることにした。

今日一日で、長らく倒せていなかったオークをなんと十体以上も討伐することができた。

素材もかなり手に入ったし、換金すれば相当な額になるだろう。

レイクたちのパーティで一日冒険するよりも、間違いなく稼ぎがいい。

これならもう、あのパーティにいる必要はないな。

別人ってことにしてしまったし、このまま脱退してしまおう。

「……？　あそこに誰かいるな」

俺は足を止めた。

街へと戻る途中の平原地帯。

見晴らしのいい場所であるため、かなり遠くまで見通すことができるのだが、一キロくらい先に複数の人影があったのだ。

「三人組だな……って、あれってレイクたちじゃないか？」

目を凝らしてよく見てみる。

やはりレイク、メアリ、サルージャの三人のようだ。

迂回しようか……と考えていたところ、俺はあることに気づく。

先ほどから彼らは一向に動いていない。

三人ともある方角を向き、腰を低くしていて——臨戦態勢を取っているようだった。

すぐに彼らから数メートルほどの場所に別の生き物を発見した。

レイクたちの身体の大きさと比較するに、恐らく全長三メートルはあろうかという、かなり大きな魔物だ。

「まさか、キリングパンサーか……？」

キリングパンサーは、鋭い爪と牙を持つ豹の魔物だ。

冒険者ギルドが定める危険度では、オークを上回るC。

しかもその上位に相当する。

レイクたちはいずれ確実にCランクに昇格するだろうが、今はまだDランク。

たとえ三人がかりであっても、無傷で討伐するのは難しいだろう。

「何でこんな奴に会っちまうんだよッ⁉」

レイクは自らの不運を呪いながら、突如として現れた強敵を前に後ずさった。

前方の草むらにそいつはいた。

キリングパンサー。

怖ろしい俊敏さを持ち、鋭い牙で獲物を喰らう獰猛な豹の魔物だ。

たった一体によって村ごと壊滅させられることもあり、その危険度はCランクの最上位に位置づけられている。

確実に仕留められるという自信があるのか、身を隠すこともなく、堂々とこちらに向かって近づいてきていた。

もし今ここにあの荷物持ちがいれば……と、レイクは歯噛みする。

すぐに囮にして逃走を図っただろう。

だが生憎、今日は一緒ではなかった。

くそっ！　この肝心なときに使えねぇ奴だな！

そもそもこうしたケースも想定して、大して戦力にもならない奴をパーティに加えたというのに。

「グルルル……」

キリングパンサーはもう目と鼻の先にまで迫ってきていた。

レイクは必死に考える。

危険度Cの魔物と戦い、勝つことができるのか。

運がよければできるかもしれない。

だが運が悪ければ……。

無傷で切り抜ける方法があるすれば、ただ一つ。

「ちょっと、レイクっ⁉」

レイクは踵（きびす）を返し、仲間を置いて全力で逃走を開始したのだった。

しかしどうやらシーフのサルージャも同じ考えだったようで、ほぼ同時に逃げ出していた。

遅れたのはメアリだ。

しかもこの三人の中で最も足が遅い彼女は、どんどん二人との距離が離れていく。

「ちょっと、レイクっ⁉　何で真っ先に逃げてるのよっ！　あんた剣士でしょ⁉」

背後から罵倒が飛んでくるが、レイクはそれを無視した。

背に腹は代えられない。

レイクは彼女を犠牲にして逃げ切る魂胆だった。

直後、キリングパンサーが地面を蹴（け）った。

一気に加速し、凄（すさ）まじい速度で三人を追い駆けてくる。

「待ってってば！　お願い！　助けてっ！」

メアリの声が罵声から悲愴（ひそう）な涙声へと変わる。

キリングパンサーの鋭い牙は、もう彼女のすぐ後ろまで迫っていた。

レイクとメアリは、同じパーティメンバーというだけでなく、恋人同士だった。

だがメアリは前々から浮気性があって、今までも何度か他の男と一緒にいるのを見かけて、喧嘩になったことがあった。

それでもレイクはずっと我慢し続けてきた。

今日だってそうだ。

ルーカスからの伝言を届けにきた初対面の男に、明らかに色目を使っていた。メアリはそういう女なのである。

「……その報いだ」

そう思うと、幾らか罪悪感から解放される心地がした。

「きゃあああっ⁉」

後ろから甲高い悲鳴が聞こえてきた。

振り返る余裕はないが、恐らくメアリがキリングパンサーの餌食になったのだろう。

今のうちに距離を稼がなければならないと、レイクは懸命に足を動かした。

しかしそのとき、背後から足音が聞こえてきた。

猛烈な勢いで近づいてくる怖ろしい気配。

「なっ？」

思わず振り返ったレイクの目に映ったのは、こちら目がけて飛びついてくる巨体だった。

4

恐らくレイクとサルージャは、メアリを犠牲にして逃げようとしたのだろう。

なかなか最低な野郎どもだ。

だがキングパンサーは賢かった。

まず最後尾にいたメアリの足に噛みつくと、彼女を思いきり空へと放り投げた。

地面に叩(たた)きつけられた彼女は気を失ってしまう。

キリングパンサーはその彼女を放置し、先を行く二人を追った。

すぐにレイクに追いつくと、激しいタックルを見舞って吹き飛ばし、すかさず上に乗って喉首(のど)に噛みついた。

それで死んだかどうかまでは定かではないが、キリングパンサーは動けなくなったレイクをまたも放置し、最も足が速かったシーフのサルージャを追う。

そして鋭い爪でサルージャの背中を切り裂くと、足に噛みついて引き摺(ず)りながら、元いた場所へと引き返していった。

そこには放置されていたメアリとレイクがいる。

もし協力して戦っていれば、少しは勝ちの目があったかもしれない。

しかし逃げて三人バラバラになってしまった結果、残念ながらなす術(すべ)もなくやられてしまうこととなった。

こうしてキリングパンサーは、確実に三体の獲物を無力化することに成功したのである。

ただし賢明な狩人にとって大きな誤算だったのは、この場にもう一人、別の人間がいたことだろう。

「ッ!?」

寸前で気配を察知し、咄嗟に飛び退こうとしたのはさすがだったが、僅かに遅れた。

狩りが無事に終わった直後で、さすがに気が緩んでいたのかもしれない。

俺の剣がキリングパンサーの背中を斬り裂く。

血飛沫が雑草を赤く染めた。

「グルアアアアッ!!」

それでもすぐに身を翻すと、怒りに満ちた唸り声を上げて躍りかかってくる。

だがダメージのせいか、本来の俊敏さはない。

その鋭い前脚の爪が届くより先に、俺は思いきり刺突を繰り出した。

剣先がキリングパンサーの喉を貫く。

それがトドメとなった。

目から生気が消え、ゆっくりと灰と化していく。

……ふう、危ないところだった。

しかし不意を突いたとは言え、危険度Cの魔物を無傷で倒せるとは驚きだ。

今までの俺なら絶対に死んでいただろう。

おっ、しかも灰の中にドロップアイテムが落ちているぞ。

危険度Cの魔物からドロップしただけあって、なかなか良い素材だな。

「っと、今はそれどころじゃない」

メアリは右足が血だらけで意識を失っているが、それほど酷い怪我(けが)ではないため後回しだ。

サルージャも背中がバッサリ切り裂かれて気絶しているが、一応は息があるな。

問題はレイクか。

首から血が噴き出し、しかも首の骨が折れているようだ。

一か八かだが……ポーションを遠慮なくドバドバと首にかける。

レイクが持っていたもので、かなり上等なポーションだ。

「げほっ、ごほっ……」

高価なポーションだったお陰か、レイクは息を吹き返したようだ。

さらにメアリとサルージャにもポーションをかけてやる。

もちろんこいつらが所持していたものだ。

ここに放置しておくわけにはいかず、俺はしばらく彼らが覚醒(かくせい)するのを待った。

最初に目を覚ましたのはメアリだ。

「ん……ここは……？　……っ！　キリングパンサーは⁉」

「安心しろ。俺が倒した」

「あ、あなたはっ、今朝のダンディなおじさまっ……？」

……ダンディなおじさま？

それ、もしかして俺のことか？

それから少ししてレイク、サルージャも意識を取り戻す。

見たところ後遺症もなさそうだし、こいつら本当に幸運だったな。

『しかし一歩間違えれば、お主まで餌食になっておったぞ？』

神剣が少し咎(とが)めるような口調で言ってくる。

『なぜあえて危険を冒してまで助けたのじゃ？　あやつらには今まで散々、煮え湯を飲まされてきたのじゃろ？』

だからって、さすがに見捨てるほど俺は薄情じゃない。

確かにムカつく連中ではあるが、まだ若くて未来のある連中を見殺しにはできなかった。

『くくく、そんなこと言って、本当はカッコいいところを見せることで、あの娘を落とす気だったんじゃろ？』

……こいつが本当に神剣なのか、未(いま)だに俺は確信が持てずにいる。

街には一人で戻ってきた。
帰る場所は同じであるが、俺としてはあまり彼らといたくない。

なので目を覚ました彼らにとっとと別れを告げ、先に帰らせてもらったのである。

「待ってください、ルーク様！」

しかし市門を潜って大通りを進んでいると、背後からメアリが追い駆けてきた。

ルーク、様……？

彼女は俺のところまでやってくると、今まで絶対に俺には見せたことのない笑顔で言った。

「さっきは助けてくれて本当にありがとうございました！　まさかキリングパンサーを一人で倒しちゃうなんて、すごく強いんですねっ！」

だから誰だよ、お前は。

それから何を思ったか、彼女はこう切り出してくる。

「あの、よかったらあたしと一緒にパーティ組みませんかっ？」

いや、すでに組んでるんだけどな？

もうやめるつもりだが。

「もしかしてあのパーティへの勧誘か？」

「いえ、そうじゃないですっ！　えっと、その……できれば、あたしとルーク様の二人っきりで……」

え？　それ何の罰ゲーム？

思わず口にしそうになったが、何とか堪えた。

「実はあたしたち、パーティを解散したんです。だから今、あたしフリーになっちゃって……。……その、ダメ、でしょうか……？」

色っぽさを含んだあざとい声と仕草で、メアリは俺を誘ってくる。

そうか、解散したのか……。

まぁあんなことがあったわけだし、当然だろう。

たぶんレイクとも別れたんだろうな。

確かに彼女はそこそこ美人だ。

身体つきもエロい。

だが、

「悪いんだが、まったく興味がない」

冷めた声で拒絶してやった。

生憎、お前の本性はよ～く知ってんだよ。

5

断られるとは露ほどにも思っていなかったのか、間抜けな顔で固まっている彼女を後目に、俺はさっさと踵を返して立ち去った。

『なぜフったのじゃ。あの娘っ子、お主に惚れておったぞ？』

「惚れたとかじゃなくて、俺とパーティを組めば美味しいだろうっていう打算からだと思うけどな？　あいつはそういう奴なんだって」

『いいや、我には分かる。あれは半分くらいは本気じゃった』

半分かよ。

『同じフるにしても、せめてヤってからフればよかったじゃろ！』

「だからお前、本当に神剣なのか」

そもそもああいういかにもビッチな女とヤるのは、性病が怖い。

『安心せい。我には性病の感染者かどうか見極める力がある。あの女は正常じゃ！』

「どんな能力だよ……」

性病は大丈夫でも、妊娠させたら大変だろ。

『【特殊効果】の一つとして、避妊というのもある！　ゆえに生で中出しし放題じゃ！』

……こいつが邪悪な剣である可能性がますます高まってきたな。

『あやつがダメじゃというなら、お主、代わりにこれから娼館にでも行かぬか？』

「今日はそんな気分じゃない。ていうか、何でそこまで勧めてくるんだよ……」

『我は久しぶりに人間がセ○クスしてるところが見たいのじゃ～～っ！』

「ただのエロジジイじゃねぇか」

それにしても、未だにこいつの年齢や性別がよく分からない。

しゃべり方はやたらと古風だが……いや、そもそも剣に年齢も性別もないか。

『はぁ……どこかその辺で青姦しておる男女はおらぬかのう？』

「いるか！」

「ままー、あの人、誰と話してるのー？」
「見ちゃダメよ」
剣に思わず大声でツッコミを入れてしまった俺に、往来の視線が集まってくる。
ウェヌスの声は俺にしか聞こえない。
なので、傍(はた)から見ると俺は剣と話しているように見えるのだろう。
どう考えても怪しい人間だ。
俺は足早にその場から離れた。
『ちなみに声に出さずとも意思の疎通が可能じゃぞ？』
……それを早く言え。
素材を売ると結構な稼ぎになった。
特にキリングパンサーを倒した素材は予想通り高値で売れた。
というわけで、俺は普段より上等な酒を飲もうといつもとは違う酒場へ。
あそこはあんまりいい酒を置いてないしな……。
それなりに値の張る葡萄酒(ぶどうしゅ)を注文する。
と言っても普段飲んでるエールと比べれば、だが。
赤ワイン特有の渋み。
しかし程よいコクで飲みやすく、食事にも合う。
酔いが少しずつ回り始めた頃、店内に見慣れた人物が入ってきた。

げっ、メアリじゃねぇか。

「あー、ルーク様だぁ～！」

しかも俺に気づいて、こっちにやってきやがった。

「隣、座りますねー」

いやいや、あんな形でフったというのにすぐ隣に座ってくるとか、メンタル強すぎだろ。

と思ったが、見たところすでにかなり酔っている。

梯子酒だろうか。

……俺にフられてヤケ酒をしていたのかもしれない。

「ルーク様のばーか！　ていうか、こーんな若くて可愛い子をフっちゃうとか、ちょっとマジで見る目ないですよねぇ～？」

唇を尖らせ、そんなふうに咎めてくる。

「俺みたいなおっさんのどこがいいんだ？」

「ダンディでカッコいいところですぅ～。お兄さんとは大違いですよねぇ」

それも俺なんだがな。

「そもそもあたし、昔から年上が好きなんですよー。ぶっちゃけ同年代の男って、何だかまだまだ子供って感じですしぃ～」

若い女性からしたら、俺みたいな年齢の男は経験豊富で余裕があって、頼もしく見えるのかもしれない。

だが実際にはそんなことはない。

この歳になったからこそ分かる。

男なんて生き物は、案外いつまで経っても子供なのだ。

「テクニックもおじさんの方があるしぃ」

酔ってそんなことまで暴露してくる。

「それで、今まで何人の男と寝てきたんだよ？　ビッチ」

「ふんっ、どーせあたしはビッチですよーだ！　今まで何人もの男を取っ替え引っ替えしてきましたしぃ！　でもそれの何が悪いんですかぁっ。男だって見境なくヤりまくってるし、お互い様ですよぉ」

全員がそうとは限らないだろ。

「そういう連中って、男女問わず都合が悪くなったらすぐに裏切るんだよな。だからパーティを組むなら十分に注意しないといけない」

まぁそんな奴らと俺はパーティを組んでいたわけだが。

もちろん警戒は常に怠ってはいなかった。

「きゃははは っ、その通り！　今日もほんとはレイクを犠牲にして逃げるつもりでしたしぃ！　そしたらあいつの方が先に逃げて、マジあんときはビビりましたよぉ～」

メアリは笑いながらぶっちゃけた。

有体に言ってクズだな、この女も。

「じゃあさー、パーティとかどうでもいいですし、あたしとヤってくださいよぉ」

「何だよ、いきなり」

「いいじゃん、ヤるだけですしぃ」

「ヤるだけ……」

確かに性格はアレだが……。

むっちりした太腿。

柔らかそうな二の腕。

豊かな胸と引き締まったくびれ。

ぷるっとした唇。

こうして間近で見てみると、本当にエロい。

男どもが寄ってくるわけだ。

てか、正直に言えば、これまでも何度か妄想で世話になったことがあった。

股間が熱くなる。

それでも素面のときの俺だったら、ここで冷静になっていたに違いない。

今まで散々馬鹿にされてきたことを思い出し、お前みたいな奴とはヤるだけでも御免だと突っ撥ねただろう。

だが——俺は酔っていた。

何だかんだで若い女と一緒に酒が飲めることに舞い上がっていたのか、彼女が来てからもかなりの量を飲んでしまっている。

お陰で思考が単純化し、欲望に忠実になっていた。

「しゃーねーな〜、ひっく。据えじぇん喰わぬは、ひっく……おとこの恥ってゆーしなっ！」

「やったぁ〜！」

この後、俺はメアリの家に行った。　抱き合って彼女のベッドに倒れ込むと、むしゃぶりつくようなキスを交しながら互いに服を脱ぎ捨てる。

露わになった彼女のイヤらしい裸体を前に、俺の股間は痛いくらいに膨れ上がっていた。

それを見てメアリが嬉しそうに笑う。

「あはっ、もうビンビンなんですけどぉ〜。てか、すっごいおっきい〜」

「ぐへへ、こいちゅで朝までたっぷり楽しませてやりゅぜぇ？」

相変わらず呂律の回らない舌で、そんなアホなことを言いつつ——

この後、彼女の若い肉体を貪るように堪能した。

……翌朝、凄まじい自己嫌悪に苛まれることになり、俺は改めて酒の怖さを痛感したのであった。

第二章

騎士学院

EPISODE 02

ALLWAYS ON D RANK

1

「あー、ヤっちまったよ……」

二日酔いに悩まされつつ、俺は早朝の街を歩いていた。

『くくく、昨晩はお楽しみじゃったのう』

「やめろよ。……はぁ、あれだけ嫌ってた女を抱くとか、ほんと何やってんだか……」

酔った勢いとはいえ、メアリと一晩を明かしてしまったのだ。

場所は彼女の借りている宿の一室。

先に目を覚ました俺は強烈な自己嫌悪を覚え、まだ眠っている彼女を置いて逃げるように出てきたのだった。

「本当にちゃんと避妊できてるんだろうな？」

『うむ、心配は要らぬぞ！』

それにしても女と寝たのって何年振りだろうか。

確か、四年前くらいに娼婦を抱いて以来かな……。

最近ちょっと性欲が減退してきていたこともあり、御無沙汰していたのだ。

しかし昨晩は何発でもいけたな……ビッチだけあってメアリのテクニックが凄かったというのもあるが、何より精力が若い頃のそれに戻ってしまったせいだろう。

『我も楽しませてもらったわい。これからもどんどんヤるといいぞ！』

「神剣の台詞とはとても思えないんだが……」

しばらくは賢者モードでいこうと決意した。

メアリを抱いた数日後、俺は長らく世話になったアパートの部屋を引き払うと、街の玄関口である市門へとやってきていた。

これから俺は王都へ行く予定だった。

一時的なものではない。

上手くいけば、少なくとも数年は王都に滞在することになるだろう。

十年以上も冒険者として滞在した街と別れるのは少し寂しいが、それ以上に俺はこれからのことに想いを馳せ、胸を躍らせていた。

かつて俺は、王都にある騎士学院への入学を目指したことがあった。

しかしその入学試験は、才能の乏しい俺には非常に難しく、三度もチャレンジしたもののすべて失敗。

結局、諦めて冒険者になった。

だが今の俺なら――この剣を手にした俺なら、合格できるかもしれない。

キリングパンサーを撃破した後、むくむくと若き日の情熱が胸の奥から湧き上がってきたのだった。

『股間もむくむく』

「うるせぇ」

騎士学院の入学には〝大よそ三十歳まで〟というアバウトな年齢制限がある。

平民だと実年齢が不確かなケースも多いので、見た目で判断するのだ。

出発前に髭をちゃんと剃っておいたこともあり、三十歳くらいに見えるのでギリギリ大丈夫……なはず。

そしてタイミングのいいことに、今年の試験はちょうど十日後。

俺はこの街を出て王都に行き、再挑戦することを決意したのだ。

『しかし我がいれば、騎士なんぞにならずとも幾らでも英雄になれるのじゃがのう』

「で、そのために必要なことは？」

『がんがん嫁を増やすのじゃ！』

「……だったら別に、英雄になんてならなくていい。とりあえず騎士になることさえできれば将来安泰だし、見た目は問わないから気立ての良い奥さんが一人いれば十分だ」

『くぅ～、何とも欲のない奴じゃのう！　お主の情熱とやらはその程度か！　せっかく性欲が強くなったというのに！』

ちなみにあれから一度もメアリたちには会っていない。

特にメアリには会わないように気をつけていた。

あの夜のことで何か要求されても困るしな。

『むしろあの女を眷姫にしてしまえば良かったじゃろ』

「それだけは絶対にごめんだ」

『うむ。確かに、初めての眷姫は処女でなければというお主の気持ちはよく分かる』

「んなこと一言も言ってねぇ」

俺は王都へと向かう乗合馬車に乗った。

安全を考慮して、街から街への移動はなるべく大勢で行うことが多い。この乗合馬車も五台が連なって一緒に街道を進んでいくようだ。

乗客数はすべて合わせると四十人ほど。

俺が乗る馬車は最後尾にあり、冒険者らしき連中が一緒だった。

「オレたち〝レッドライン〟はCランクのパーティだ。王都までの護衛は任せてくれ」

彼らは護衛として雇われているらしい。

三十がらみの屈強な男たちであるが……ギルドで何度か見たことあるな。

だがあの街を拠点としている連中ではなさそうだ。

旅の護衛任務を受けている冒険者の中には、特に拠点を持たない者も多い。

「しかし徒歩じゃないだけでも助かるぜ」

そのリーダー、ガルダと名乗る男がどっかりと胡坐(あぐら)を掻(か)きながら言う。……安い馬車なので座席はなく、フラットな硬い板の上に荷物と一緒に座るしかないのだ。

「いざ魔物が現れたってとき、疲労でまともに戦えないなんてことを避けられるしよ。中にはロクな休息も取らせず、何日も歩かせるような酷(ひで)ぇ依頼主もいるんだぜ？」

俺を普通の旅人だと思ってか、親切にも教えてくれる。

無論、それくらいのことは知っていた。

過去に何度か苦労したことがあるしな。

それでも街道沿いを進む限りはめったに魔物は現れないし、馬車に乗ることができさえすれば馬車の護衛は比較的楽な仕事でもあった。

それから予定通りの日程で、旅は順調に進んでいた。

だが王都まであと半日といった頃のことだ。

「おい、空から何か近づいてこねぇか？」

ガルダの仲間の一人が、ふと空を見上げながら言った。

俺も視線を向けてみる。

すると確かに、上空から何かがこちらに向かって飛んできているのが見えた。

鳥だろうか？

いや、それにしては、かなり大きい気が——

他の乗客たちも気づいたらしく、瞬く間に騒がしくなる。

「ワイバーンだぁぁぁっ！」

誰かがそう叫んだときには、俺にもはっきりとそいつが見えるようになっていた。

飛竜——ワイバーン。

ドラゴンの一種で、その危険度はキリングパンサーすらも凌駕するB。

……なんか最近、立て続けに危険な魔物と出合ってばかりだな。

実はこの剣、呪われた魔剣じゃないのか？

『誰が魔剣じゃ！　あんなのと一緒にするでない！』

怒られてしまった。

どうやら魔剣扱いはやめた方がよさそうだな。

って、そんなことより、今はワイバーンの方だ。

ワイバーンは、体格こそドラゴンの中では小柄なものの、それでも俺たち人間と比べれば遥かに巨大だった。

それが物凄い速度で、こちらに向かって滑空してきているのだ。

あっという間にその影は大きくなり、

「「「うわあああああっ⁉」」」

すんでのところで乗客たちが逃げ出した直後、先頭の馬車が巨体の突進を受けて盛大に横転した。

最初に餌食になったのは馬だ。

「ヒヒイイインッ⁉」

ワイバーンは太い足で拘束し、その喉に嚙みつく。

「逃げるぞ！」

そんな中、護衛であるはずのガルダたちが一目散に逃げ出そうとしていた。

……まぁ、そうなるよなぁ。

2

「お前ら逃げるのかよ⁉」

乗客の一人が、逃走しようとしていた護衛たちに向かって叫んだ。

「当然だ！　ワイバーンの危険度はBだぞ！　下手すりゃ一体で街が一つ滅びるレベルだ！　そんな相手になんか挑むわけがねぇ！」

だがガルダたちは悪びれる様子もなく、そう叫び返して逃げていく。

冒険者として彼らの判断は間違っていない。

なにせ命あっての物種だ。

たとえ任務に失敗し、ペナルティーを受けたとしても、死にさえしなければ幾らでも取り返しが可能である。

だからこういう場面で、優先すべきなのは自分の命。

二十年近い経験から、俺ははっきりとそう断言できる。

結局のところ、ワイバーンと戦えるようなクラスの護衛を雇わなかった依頼人が悪いのだ。

……さすがに、危険度Ｂの魔物を想定した準備をしろなんて言うのは酷だろうが。

さて、どうするか。

俺も冒険者だが、今日はただの乗客だ。

ここで戦う義務はない。

しかし――

「こういうの、見過ごせねぇ性質なんだよな……」

嘆息しつつも、俺は馬肉を噛み千切っているワイバーンの方向へと走る。

昔からそうだ。

冒険者として取るべき行動を頭では理解している。

なのにこういう場面で、俺はどうしても自分の命の方を優先することができない。

そう言えば、片腕がダメになるほどの傷を負ったのも、今回と似たような状況で赤の他人を助けようとしたせいだったっけ。

「た、助けてくれぇぇぇえっ！」

悲鳴が聞こえてきた。

一人の乗客が、先ほど引っくり返った馬車の下敷きになっていた。

馬鹿(ばか)っ……そんな大声を出したら……。

案の定、馬を喰(く)い散らかしたワイバーンがその乗客に気づいてしまう。

「グルァァァッ！」

「ひぃっ！」

「くっ、間に合わないか……っ！」

俺は急いで助けに向かおうとするが、俺がいたのは最後尾の馬車。生憎(あいにく)とその乗客のところまで距離があった。

そのとき一つの人影が剣を手にワイバーンに躍りかかった。

随分と小柄だ。

フードを被(かぶ)っているため顔はよく見えない。

「ハァァァッ！」

裂帛(れっぱく)の気合いとともに、ワイバーンの背中に剣を突き刺す。

だが剣先は僅(わず)かにワイバーンの背に突き刺さっただけ。

ドラゴン種特有の硬い鱗(うろこ)に防がれてしまったのだ。

それでもワイバーンの意識を逸(そ)らすことには成功する。

「グアアアアッ！」

すぐさま振り返ったワイバーンは、自らを傷つけた相手に襲いかかった。

フードの人物は飛び下がってワイバーンの顎(あぎと)を躱(かわ)す。

さらにはワイバーンが振るった鉤爪も横転して回避してみせると、素早く足を斬りつけた。

あの身のこなし。

そして無駄のない斬撃。

かなりの実力者だ。

そのときワイバーンが翼をはためかせた。

激しい風が巻き起こり、頭に被っていたフードが外れる。

炉の中で燃える炎のような、赤々とした頭髪が露わになった。

俺は思わず目を瞠る。

まだ少女と言ってよいくらいの女性だったのだ。

「今のうちに救出して！」

「っ、分かった」

少女に指示され、ようやく近くまで来ることができた俺は頷く。

すぐさま先ほどの乗客の元に駆け寄ると、身体の上に圧しかかっていた馬車を力任せに持ち上げた。

身体能力が上がっているお陰か、思ったよりも軽い。

「た、助かった……」

幸いにも大した怪我はなく、一人でも動くことができそうだった。

馬車の下から抜け出すと、慌てて逃げていく。

その間、少女は自分より何倍も大きなワイバーンを相手取っていた。

しかし明らかに分が悪い。

彼女の攻撃はほとんどワイバーンには通じず、逆に少女は一撃でも貰えば致命傷だろう。

次第に少女の動きが鈍くなってくる。

疲労のせいだ。

だが彼女のお陰で、ワイバーンはこちらに無防備な背中を晒している。

俺は全力で走り、ワイバーン目がけて跳躍した。

尾部を足場にして、さらに高く跳び上がる。

「おおおおおおっ！」

俺は両手で剣の柄を握り締めると、切っ先をワイバーンの首へと振り下ろした。

「ギャアアアアアアッ⁉」

さすがは神剣。

ワイバーンの硬い鱗をあっさりと貫き、深々と突き刺さった。

断末魔の悲鳴が轟き渡る。

乗客たちが一斉に歓声を上げた。

「ワイバーンを倒しやがったぞ⁉」

「しかもたった二人で⁉」

「助かったぜ嬢ちゃんたち！」

絶命したワイバーンの巨体が見る見るうちに崩れ、灰と化していく。

「うおっ……？」

「きゃっ？」

その結果、俺は足場を失い、落下した。

運の悪いことに、少女の真上へと。

「いたた……」

そして絡まるようにして地面を転がった後、気がつけば少女の上に覆い被さるように倒れ込んでしまっていた。

すぐ目と鼻の先に彼女の顔があった。

ハッと息を呑む。

年齢は恐らくまだ十代半ばくらいだろう。

驚くほど整った凛々しい目鼻立ちに、きりっとした意志の強そうな眉。

肌はまるで白磁のようで、真っ赤な髪とのコントラストが美しい。

きりっとした形の良い眉の下には紅玉のような瞳があって、そこに驚くおっさんの顔が映り込んでいた。

要するに物凄い美少女だ。

「……ねえ、そろそろどいてくれるとありがたいんだけど？」

「あっ、悪ぃ……」

って、こんなに若い子になに見惚れてんだよ、俺は。

『くくく、このエロオヤジめ！』

お前にだけは言われたくない。

俺は慌てて身体を起こそうとする。

だが焦ったのがいけなかった。

地面につこうとした俺の右の掌が、何やら柔らかな感触を覚えたのだ。

むにっ、と。

戦慄した。

あろうことか、少女の胸の上に手をついてしまったのである。

「ちょ、どこ触ってるのよッ⁉」

「ぶごっ⁉」

俺は少女に思いきり蹴り飛ばされてしまった。
二、三メートルほど吹っ飛んだ。
『なんてベタなラッキースケベじゃ！　こんなベタベタなやつ、我は久しぶりに見たぞ？』

ウェヌスの耳障りな声が響く。

てか、ラッキースケベって何だよ？

『もしかしてお主、狙ってやったのではないか？　だとすれば、とんでもないエロオヤジじゃのう。いいぞもっとやれ！』

「うるさいっ、今のは不可抗力だ！」

「……うるさいって何よ？」

「あ、いや、違うんだ。あんたに言ったんじゃなくて……」

って、こんな言いわけ、かえって逆効果だろ。

案の定、さらに胡散臭そうな目で睨んできたかと思うと、少女はふんっと顔を背けてそのまま離れていった。

3

見知らぬ美女が俺の身体の上に覆い被さっていた。

年齢は二十代前半といったところか。

美しい銀色の髪。

瞳の色も銀色をしていて、それが俺の目を覗き込んできている。

物凄い至近距離だ。

どんな状況だ、これは……？

よく見ると女性は全裸だった。

しかも豊満な胸が俺の身体にぎゅっと押し当てられている。

待て待て、俺は娼婦なんて買った覚えはないぞ？

彼女が口を開いた。

「くくく、お主の欲望の限りを我にぶつけてくれてもええんじゃぞ?」

どこかで聞いたことがあるようなしゃべり方だ。

だが思い出せない。

美女はにやにやと俺の顔を見下ろしながら笑っている。

綺麗な顔をしているくせに笑い方には品がない。

「誰なんだお前は?」

「そんなことはどうでもよかろう? それより平静を装っておるが、下の方はまでは嘘を吐けぬようじゃのう? 我が楽にしてやろうか?」

裸体の美女は自分の唇を舌で妖艶に舐った。

その扇情的な仕草に、ごくり、と俺は思わず唾液を呑み込んでしまう。

――おーい、起きろ。

そのとき、どこからともなく声が聞こえてきた。

「……む。どうやら邪魔が入ったようじゃの」

美女が不満げに呟いた直後、俺の意識は覚醒した。

「おい、王都に着いたぜ」

「ん……」

目を開けると、そこにいたのは馬車の護衛任務に就いている冒険者のガルダだ。

どうやら俺は眠っていたらしい。

上体を起こそうとすると、胸の上に神剣が載っていた。

どうやら抱えたまま寝ていたようだ。

うーん……なんか変な夢を見た気がするな……。

『気のせいじゃろ』

確かに何か見ていた気がするんだけどな……思い出せない。

まぁいいか。

ところで護衛を放棄して逃げ出したガルダたちだったが、ワイバーンが討伐されたと知って戻ってきた。

雇い主と交渉し、そのまま護衛を続けることにはなったが、護衛料が幾らか減額されるそうだ。

「ったく、あんたも人が悪ぃぜ。そんなに強ぇなら最初から言っておいてくれよ。そしたら早々に逃げ出したりなんかしなかったのによぉ」

などと、愚痴半分畏怖(いふ)半分といった様子で責められてしまったが。

乗客の俺に頼られても困るぞ。

俺は大きく欠伸(あくび)をして、馬車から降りた。

するとこの一団を仕切っていた人物から声をかけられる。

「これは？」

いきなり銀貨十五枚を渡され、俺は困惑した。

「ワイバーンを討伐してくれたから、その礼だ。お前さんがいなければ、もっと酷い被害を受けてただろうしな。ぜひ受け取ってくれ。それに幾らか護衛料が浮いたしよ」

まぁ確かに正規の護衛たちよりも活躍したからな……。

俺はありがたく貰っておくことにした。

ワイバーンからドロップした【飛竜の鱗】もあるし、これでちょっとした小金持ちだ。

……ちょっと良いお酒が飲めるな。

そこでふと気になることがあって、周囲を見渡す。

「あれ、もう行ってしまったのか……」

赤髪の少女にあのときのことを謝ろうと思ったのだが、すでにいなくなってしまっていた。

道中は別の馬車にいたため、なかなかその機会がなかったのだ。

『むしろ言うべきなのは礼じゃろう』

「どういうことだ？」

『最高の乳を揉(も)ませてくれてありがとう、となﾞ』

「そんなこと言ったら最後、剣で斬り殺されてもおかしくないぞ……」

だが実際、あれは良い胸だった。

今でもあの感触をはっきりと思い出すことができる。

細身の体型からは想像できないほど大きく、そして手に馴染むような綺麗なお椀型。

驚くべきなのはその弾力で、すごく柔らかいというのに、それでいて驚異の反発力があった。

正直あんなに感触も形も完璧な胸に出会ったの初めてだ。

布越しだったのが残念なくらい——いや、なに考えてんだよ俺は。

『せっかくだから、ぜひもう一回、揉ませてもらうのじゃ』

何でだよ。

『まだ近くにいるはずじゃないかの？　もっとしっかり捜してみい』

「そこまでする必要はないって」

もしかしたら俺と話をしたくないため、さっさと行ってしまったのかもしれない。

……そうだとすると、かなり怒っているということになる。

無理もないか。

『阿呆！　あんな可愛くて良い乳をした娘、そう簡単には出会えぬぞ？　男なら地の果てまでも追いかけて嫁にしてみせよ！』

「それはもはやストーカーだろ」

それから一応少しだけ彼女を捜してみたが、見つからなかったのですぐに諦めた。

エロ剣からはもっと捜せと言われたが、無視だ、無視。

「にしても久しぶりだな、王都に来るのは」

騎士学院の入学試験で、三度目の不合格になって以来だ。

正式な名称は王立セントグラ騎士学院。

と言っても、必ずしも騎士だけを育成するための学校ではない。

元々この国は、小国から武力によって現在の勢力まで拡大してきた歴史があるため、武功を誇り、尊ぶ空気が強い。

だからこそ優秀な騎士を育てるための学校が、各地に幾つも作られたのだ。

しかし他国と領土を争っていた戦乱の時代も今や昔。

騎士養成のためにできた学校だが、現在では文官の育成にも力を入れている。

そうした騎士養成校の中でも、とりわけ王立セントグラ騎士学院は国内最高峰として名高い。

他国の王侯（おうこう）貴族の子弟すらもここで学んでいるとか。

基本的にこの学校に入れるのは貴族だけなのだが、平民でも試験を突破すれば入学することが可能だった。

平民特別枠というやつだ。

貧乏な平民のために、学費も全額免除されている。

平民でも卒業すれば騎士、あるいは文官になることができるため、毎年、全国各地から入学希望者が殺到する。

当然ながら非常に狭き門だった。

平和な時代になったとは言え、やはり試験では伝統的に戦う力が重視される傾向がある。

学問についてはからきしなので、その点はありがたい。

なお、試験は五日後だ。

「しかしワイバーンを倒してから、一気に身体が軽くなった気がする」

『経験値が入ったのじゃろう』

「経験値？」

『うむ。簡単に言うと、魔物を倒せば得られる成長の糧じゃ。それによって人は〝レベル〟が上がり、強くなるようにできておる』

確かに魔物を倒せば倒すほど、人は強くなれるということはよく知られていた。

だが例外もあると俺は思っている。

それは俺自身の経験からくるものだ。

「これでもそれなりの数の魔物を倒してきたはずだが、大して強くならなかったぞ？」

なにせ二十年近くも冒険者をしてきたのだ。

倒した〝数〟だけなら、そこらの冒険者には負けないはず。

『自分よりも強い魔物を倒さねば、経験値はほとんど得られぬのじゃよ。逆に遥かに格上の魔物を倒すことができれば、入る経験値は膨大なものとなる』

なるほど、そういう仕組みなのか……。

「だからゴブリンやコボルトばっかり倒していた俺は、ほとんど成長しなかったのか……」

『むしろ怪我や老化で衰える速度の方が勝っておったかもしれんの』

逆にここ最近、キリングパンサーにワイバーンと、強い魔物を倒しまくっている。

道理で身体が軽くなったわけだ。

力も強くなっているようで、旅の荷物がまったく重くない。

「貴族に強い奴が多いのもそのせいか」

彼らには財力がある。

強力な武具を買い揃えて装備すれば、格上の魔物を苦もなく倒せ、どんどんレベルが上がっていくというわけだ。

冒険者にも、たまに後継ぎになれない貴族の三男坊とかがいたりするのだが、総じて彼らはハイペースでランクを上げていく。

あれはギルド側が権力に屈しているせいかと思っていたが、武器の性能のお陰なのかもしれない。

『つまり最強の剣を手にした今のお主なら、それ以上の速さでレベルアップできるということじゃぞ！』

「確かに」

『くく、我のありがたさが分かったようじゃの？　ならばもっと我を讃えるがよい！　いや言葉なんかより、行動で感謝を示してほしいのう！　具体的にはもっとセック――』

はいはい、生憎と今は賢者モードなんでな。

経験値とやらを稼ぐため、夕方まで王都周辺で魔物を狩った。

そして一仕事を終えた後は、もちろん酒である。

「あー、やっぱ冷たいエールは美味(うま)いな」

王都だけあって酒の種類が豊富だ。

赤白はもちろん淡い色調のロゼと呼ばれる葡萄(ぶどう)酒、蜂蜜酒(ミード)や多彩な混成酒(リキュール)、北方でよく飲まれている度数の強い火酒、それからスタウトと呼ばれる色が濃い麦酒なんかも普通に置いてある。

だが何より嬉(うれ)しいのは、ここではエールを冷やして出してくれる店が多いことだ。

俺がいた街ではエールは常温で飲むのが一般的だったが、疲れた身体にはやはり冷たいエールが効く。

「苦みがしっかりしているのに飲みやすい。やっぱ安いエールとは全然違うな」

少し金に余裕ができたし、俺はちょっと上等なものを飲んでいた。

『お主は随分と酒を美味そうに飲むのう。見ていたら我も飲みたくなったのじゃ』

「どうやって飲むんだよ」

とは言え、飲み過ぎないようにしないと。

……と思っていたが、そこそこ酔ってしまった。

「まー、久しぶりのおーとだし、おっけーおっけー」

完全に酔っ払った状態で俺は店を出た。

そして借りている宿まで向かう途中のことだった。

夜でも明るい繁華街を通っていると、女性に声をかけられる。

「ねぇ、おじさま、ちょっとあたしと楽しいことしていかない？」

娼婦だった。

年齢は二十三、四といったところか。

……なかなか美人だな。

近くには娼館と思われる店が幾つかあって、他にも数人の娼婦たちが客引きをしていた。

総じてレベルが高い。

さすがは王都といったところか。

「おじさまになら、普段はやってないプレイを許しちゃっていいかも？」

俺の腕を取り、耳元で甘く囁いてくる。

メアリを抱いた夜のことも思い出して、急に股間が熱くなった。

……今は金に余裕があるし、いいかな。

それに相手が娼婦なら後腐れもない。

『くくく、やはり賢者モードなど長くは続かぬものじゃ。性欲に任せてどんどんヤればいい！』

ウェヌスが何か言っていた気がするが、俺は娼婦の肩を抱きながら店に入ったのだった。

あっという間に試験当日がやってきた。

『ほう。すごい人じゃの。これが全部、受験生なのかの？』

「そうだ」

集合場所は学院の構内にある屋外訓練場だった。

関係者なども含まれているだろうが、ざっと四百人以上はいるな。

広い訓練場がほぼ埋まってしまっている。

入学が許されるのは毎年たったの二十名ほどだ。

つまりおよそ二十人に一人という狭き門である。

ちなみにここにいるのは全員が平民。貴族は別枠で試験が行われるためだ。

「もしかして、あなたも試験を受けに来たの？」

不意に声をかけられ、思考を中断させて振り返る。

先日の赤髪の少女だった。

「そうかもしれないと思ってはいたけど……」

「そっちもこの試験を受けに来てたんだな。道理で強いわけだ」

この歳(とし)でワイバーン相手に正面から単身でやり合っていたのだ。

ガルダたちCランクの冒険者ですら、戦う前から逃げ出していたというのに。

「わたしなんてまだまだだよ。強いのはあなたの方じゃない」

「いや、俺一人じゃ絶対倒せなかった」

「随分と謙虚なのね」

少女はちょっと呆れたように言う。

それから少しジトッとした目になって、

「……変態だけど」

「あ、あれはワザとじゃないからな？」

「どうだか」

『もちろんワザとじゃ！』

ちょっとお前は黙ってろ。

胡乱げに睨んでくる彼女に、俺は胸を触ってしまったことを謝罪する。

「悪かったよ、ほんと。許してくれ。この通り」

「別に気にしてないわ。あのときは斬り殺してやろうかと思ったけど」

ピリ、とうなじの辺りが少しひりついた。

「………今、ちょっとだけ殺気を感じたんだが？」

「大丈夫。気のせいよ」

「剣を抜きながら言われてもまったく説得力がないんだが」

「あらごめんなさい、つい……。でもせっかく抜いたんだし、ちょっと試し切りしてもいいかしら？　首の辺りとか」

「……それ死ぬから」

実はめちゃくちゃ怒っているのかもしれない。

『それはそうじゃろ。女の乳は天使の翼のようなものじゃ。触ったらちゃんと礼を言わねばならん』

だからお前は黙ってろって。

「そう言えば、まだ名乗ってなかったわね。わたしはアリアよ」

「俺はルーカスだ」

「ルーカス、ね」

少女――アリアは、俺の名前を反芻(はんすう)する。

彼女は一体、何者だろうか？

立ち居振る舞いに気品がある。

だから最初は貴族なのかと思ったが、その割にはお世辞にも良い服を着ているとは言えない。

持っている剣も正直あまり上等なものではなかった。

使い古され、刃毀(はこぼ)れも酷い。

と、そんな疑問を頭の中で転がしているときだった。

「やっぱり試験を受けに来たんだね、アリア」

人波が割れ、一人の青年がこちらに歩いてくるのが見えた。

金髪のイケメンだ。

背も高く、女性をあっさりと魅了してしまいそうな微笑を浮かべている。

そのやたら装飾過多な装備からして、明らかに貴族だと判別できる。

彼女の名を気安く呼んだところを見るに、二人は知り合いなのだろう。

「……ライオス」

だが青年と違ってアリアの反応はとげとげしいものだった。

まるで親の仇(かたき)でも見るかのような目で、ライオスと呼んだその青年を睨む。

どうやら彼女にとっては、あまり好ましい相手ではないらしい。

「どうしてあなたがここにいるのよ?」

「別におかしなことじゃないだろう?　僕はこの学院に通う生徒なのだから」

この男、騎士学院の在校生のようだ。

「君はこの平民枠の試験を受けると言っていたからね。こうして挨拶(あいさつ)をしに来たんだ」

「……そう。だけど、もうすぐ試験が始まるの。わたしも気持ちを落ち着かせたいし、用事が済んだら帰ってくれると助かるわ」

どこか親しげなライオスとは裏腹に、アリアは突き放すように言う。

「ふふ、そんなにつれないことを言わないでくれよ。僕と君の仲じゃないか」

「おかしいわね。わたしにはあなたとそんなに親しかった記憶はないんだけど？」

ライオスはやれやれと肩をすくめた。

「聡明な君なら何が正しい道なのか、分かっているはずだ。こんな無駄なことはやめて、大人しく僕のところにおいでよ」

「あなたと一緒になるくらいなら死んだ方がマシだわ」

アリアの口振りはやはり厳しい。

「……ま、せいぜい頑張るんだね。どうせ君の実力じゃあ、入学なんてできっこないさ」

ライオスは嫌味ったらしくそれだけ言い残し、去っていった。

アリアはしばしその背中を睨み続けていたが、やがて大きく息を吐いて、

「ごめんなさい。恥ずかしいところを見せてしまったわね」

「いや……」

「お互い、合格できるよう頑張りましょう」

そしてアリアも踵を返して立ち去っていく。

……何だか、色々と事情がありそうだな。

だが初対面の俺が口出ししても迷惑なだけだろう。

『何を言っておる！　これはチャンスじゃぞ！　彼女の悩みを解消してやれば、ぐっと二人の距離が近づくはずじゃ！　そうして嫁に――』

エロ剣の言葉は無視することにした。

試験は全部で五次まであるという。

内容は通過するまで伏せられているため、事前に知ることはできない。

発表された一次試験の内容は〝持久走〟。

今日の太陽が沈むまでに指定された場所を往復し、ここに戻ってくるという単純なものである。……それだけ聞くならば。

「トラル丘頂上、か」

王都を出て北へ三十キロほど行ったところにあるという。

頂上に待機している試験官から〝証し〟を受け取って、それをこのグラウンドまで持ち帰ってくれば合格だ。

往復で六十キロ。

整備された街道であれば時間内に十分、踏破可能な距離であるが、問題は間にちょっとした森林が広がっていることだ。

鬱蒼とした森を行くとなれば、当然ながらペースが落ちてしまう。

しかも魔物が出るという。いずれも危険度ＤやＥレベルらしいが。

なお、他の受験生の妨害は固く禁じられていた。

もし見つかればその時点で不合格だ。

森林内には教員や在校生からなる試験官が配置され、監視しているらしい。

逆に協力し合うのはＯＫだ。

実際、明らかに仲間同士と思われる集団ができていた。

だが生憎、俺には共闘できるような相手はいないため、一人で何とかしなければならない。

『あの娘っ子を誘うのじゃ。初めての共同作業を経て晴れて嫁に――』

「はいはい」

エロ剣をあしらいつつも、俺はつい彼女の赤い髪を捜してしまう。

しかし人が多すぎて残念ながら見つからない。

やがて試験官の合図で試験が開始される。

我先にと争いながら、四百人もの受験者たちが一斉に走り出した。

中には物凄い速さで駆け出した者もいる。

俺はと言うと、かなり後方からのゆったりとしたスタート。

『こんな後ろにおって大丈夫なのか？』

「タイムを競い合う試験じゃないからいいんだよ。六十キロという長丁場だし、あまり飛ばし過ぎると間違いなく後半でキツくなってくる。それに――」

実は二十年前にも似たような試験を受けた記憶があった。

その経験から、前半はできるだけペースを抑えるべきだと判断したのだ。

「――見ろよ、ほら」

俺の考えの正しさは森に入ってすぐに証明された。

「うわぁぁぁっ、助けてくれぇぇぇっ！」

俺よりも前を走っていた受験生の一人が、片足に絡まった縄によって宙づりになっていた。

他にも、落とし穴にはまって出られなくなった受験生や、網に捕らわれて身動きが取れなくなっている受験生などを見かける。

『なるほど、罠が仕掛けられておるのか』

「そういうことだ。先行した人間が引っかかってくれるから、後ろにいた方が有利なんだよ」

もちろん罠を見極めてしっかりと回避していく受験生も多いし、後方だからって必ずしも安全というわけではない。

「っと！」

足元の細い糸に気づき、俺は咄嗟にジャンプして避ける。

幾ら罠が少なくなっていると言っても、注意して進まないとな。

トラル丘の頂上に着いたのは、学院を出発して三時間後くらいだった。

なかなか順調なペースだろう。

「もっとかかると思っていたんだけどな」

『レベルが上がり、身体能力が向上したお陰じゃ。当然、体力だって上がっておる』

「道理で、結構な速さで走り続けているのにあまり疲れないと思った」

最初は受験者たちの中でもかなり後ろの方にいたのだが、いつのまにか大半を追い抜いてしまったようで、

「君で十五人目だよ」

頂上に来たという〝証し〟としての金属札を受け取る際、試験官（まだ若いので、学院の在校生

かもしれない）からそう教えてもらえた。

マジか。普通に合格圏内じゃないか。

「ひぃ……もうだめ……」

「おえええぇっ」

帰り道も同じ森林内を突っ切っていったが、その途中で力尽きている脱落者たちの姿を何度も見かけた。

お先に失礼。

それからさらに二時間ほど走り続けて、

「ふぅ、ようやく戻ってこれたか」

制限時間内に学院のグラウンドに帰ってきた俺は、安堵の息を吐いた。

6

試験官に金属の札を渡すと、地べたに腰を下ろした。

さすがにこれだけ走り続けると疲労困憊だ。

復路でもさらに何人か追い抜いたらしく、見たところグラウンドには数えるほどしかいなかった。

まだ日が沈むまで時間があるとは言え、かなり少ない。

あの少女の姿もまだなかった。

まぁ彼女の実力ならきっと間に合うだろう。

「おい、聞いたか？　森林にオーガが出たらしいぜ」

「ああ、何人かやられて棄権したみたいだな。お陰でライバルが減ってくれたぞ」

戻ってきた受験者たちの方から、そんなやり取りが聞こえてきた。

「いやいや、オーガ程度に苦戦してる奴なんて端からライバルじゃねぇだろ」

オーガの危険度はCの下位。

その怪力と耐久力が厄介な魔物だ。

だがこの学校に入ろうとしている者たちからすれば、決して怖い相手ではない。

彼女なら単身でも倒せるだろう。

しかし制限時間が迫ってきても、なかなか彼女は姿を見せなかった。

……こんなに気になるなら、本当に共闘すればよかったかもしれない。

『ほれ～、おぬしがヘタるからじゃぞ～？』

「……イラッ」

ようやく百人ほどが帰ってきた頃には、もう日は大きく西に傾いていた。

まだ彼女は戻ってきていない。

そしてもう間もなく陽が完全に隠れようかというとき、夕日に照らされて一際赤く燃える髪の少女がグラウンドに飛び込んでくる。

アリアだ。

「はぁ……はぁ……はぁ……」

大きく肩で息をしている。相当消耗しているようだ。

それでも彼女は懸命に走る。

試験官のところまではあと少しだ。

そのとき彼女の足が縺れ、転んでしまう。

「大丈夫か？」

俺は思わず駆け寄って声をかけていた。

「え、ええ……大丈夫よ」

立ち上がり、彼女はどうにか時間内に試験官に金属札を渡した。

俺までホッとしてしまう。

「何があったんだ？　もっと早く戻ってくると思ってたんだが……」

訊いてみると、森林の中でオーガに襲われたらしい。

それも複数回。

あそこには危険度Cのオーガはめったに現れないと聞いていたんだが……。

「最初の一体を倒したときにこうなっちゃって」

言って、アリアは腰の鞘から剣を抜いた。

――半ばからぽっきりと折れている。

こうなっては剣士である彼女が苦戦するのも当然だ。

「耐久度に限界がきていたのは分かっていたんだけど……」

これ一本しか手持ちがなかったのだろう。

そして恐らくは、新しい剣を買うお金も。

『うーむ。このままじゃと、この娘っ子、試験に落ちるのではないのか？』

……残念ながら俺もそう思う。

折れてしまったアリアの剣は青銅製だった。

安価に手に入るが、その分、強度や切れ味は劣り、せいぜい護身用の域を出ない武器である。

この試験に挑むというのに、こんな粗末（そまつ）な武器一本だけしか持ってきていないというのは大きなハンデだ。

一次試験の合格者たちが所有している剣をちらりと見渡してみれば、最低でも鋼鉄製。

聖銀（ミスリル）が含まれた合金製の剣を持つ者も多い。

ミスリルは稀少（きしょう）な金属であり、これを使って打った剣には特殊効果を付与することもできるという。

もちろんかなり高価だ。

それを所有している連中は平民とは言え、恐らく裕福な家の出なのだろう。

試験内容は平等であっても、それぞれの状況は決して平等ではないのだった。

「今この場にいる者たちが一次試験の通過者だ。早速だが、次の試験についての説明を始める」

試験官の声が響いた。

結局、時間内に戻ってくることができたのは百三十人ほど。

最初の試験で一気に三分の一にまで絞られたというわけだ。

次の試験は数日かけて行われるらしかった。

内容は、指定された魔物の素材を一定数集めてくるというものだ。それぞれ素材は異なり、くじ引きによってランダムで決定された。

「【魔人の皮】を十枚か……この辺りだとトロルからドロップするかな」

トロルは危険度Cの大型の魔物だ。

普段は大人しいが、攻撃されると狂暴化する厄介な相手だった。

「……わたしは【大鬼の牙】を、十本」

アリアが呻くように言う。

【大鬼の牙】を落とすのは、主にホブゴブリンやオーガといった魔物だ。

ごく稀にゴブリンからもドロップするそうだが、かなり確率は低い。

しかし折れた剣しかない今の彼女では、単身でオーガを討伐できるかは怪しいところだった。

せめて、もっと上等な武器があれば……とは思うが。

弱い魔物を狩りまくって素材を手に入れ、それを売ることでお金を貯めれば、どうにか武器を調達できるかもしれない。

だがそれだと期限内に間に合うか怪しいところだろう。

「……ねぇ、あなた」

そんなことを考えていると、アリアから声をかけられた。

「なんだ？」

「えっと……」

自分から声をかけたものの、何かを躊躇(ためら)っているのか、切り出すまでに時間がかかった。

やがて意を決したように口を開く。

「……よければ協力し合わない？」

どうやら協力のお誘いらしい。

彼女としても自分一人では突破できないと悟ったのだろう。

「いいぞ」

「そうよね。やっぱり難しいわよね。わたしがいると間違いなく足手まといだし。でも、タダでとは言わないわ。……わ、わたしの身体を好きにして——え？　いいのっ？」

「ちょっと待て。今、お前は何を言おうとした？」

「だ、だってあなたのような変態には、それが一番かと……」

「だから俺は変態じゃねぇ。ナイスミドルだ」

弱みにつけ込んで、少女の身体に手をつけるような下衆(げす)な人間じゃないぞ、俺は。

「とにかく、そんな対価は要らないって」

『阿呆！　なんと勿体ないことを言うのじゃ！　せめて乳くらい揉ませてもらえ！』

お前は黙ってろ。

「本当に？」

「本当だ」

「と油断させつつ、後からもっと酷い要求をしてくる魂胆ね……」

『なるほど、その手があったか！』

「そんなつもりもない」

どいつもこいつも、俺を何だと思ってやがるんだよ……。

いや確かにもう一回くらい、あの至高の胸を揉んでみたいと……待て待て違う違う。

何とか誤解（？）を解いて、俺は彼女と協力して二次試験に挑むことになったのだった。

「それともう一つ、お願いがあるのだけど……」

第三章

アリア＝リンスレット

1

「まさか、いきなり晩飯をたかられることになるなんてな……」

「……ごめんなさい」

呆れたように言う俺に、アリアは本当に申し訳なさそうに頭を下げてくる。

彼女から共闘の話を持ちかけられた後、俺は彼女を連れて飲食店を訪れていた。

どうやら剣を買うどころか、食費すら持っていないらしいのだ。

「護衛代はどうしたんだよ？」

彼女も俺と同じく護衛代を貰ったはずだった。元々は俺と同じように報酬は出ないはずだったが、ワイバーン討伐の礼として支払われたのだ。

「あのお陰で宿を借りることができたの」

「お前、もしワイバーンが出なかったらどうするつもりだったんだ？」

「……野宿」

「お、おう」

――くぅぅう。

そのとき彼女のお腹から可愛らしい音が鳴る。

かあああっ、と顔を真っ赤にするアリア。

「分かったよ。好きなだけ注文してくれ。俺の方はまだ金には余裕があるしな」

しばらくはあまり酒が飲めないかもしれないなぁ……。

「あ、ありがとう。恩に着るわ」

アリアは居住まいを正し、生真面目に礼を寄こしてくる。

それから、

「……しょ、食費の代わりに、わたしの下着を……」

「何でそういう方向ばかりなんだ？」

『お主は下着よりも胸が好みじゃからな！』

それも違う。

あくまで奢りだから、と俺は彼女に念を押した。

「……今日はいいとして、明日以降はどうするんだ？」

「魔物を狩って素材がドロップすれば……どうにか……」

俺は溜息を吐きつつ、提案する。

「じゃあ合格するまで食費は俺が出す」

「もしかしてわたし、最後には死ぬよりも辛い目に遭わされるのかも……？」

「ちょっと人の厚意を疑い過ぎだろ？」

「今のは冗談よ。ともかく、さすがに合格までずっと奢ってもらうなんて悪いわ」

遠慮してくるアリアだったが、俺ははっきりと言ってやった。

「いや、共闘すると決めた以上、むしろロクに食事をとれずに足を引っ張られる方が困る。少しでも節約して、早く新しい剣を買ってもらう必要もあるしな」

「だけど……」

「どうしても合格したいんだろ？　だったら利用できるものは利用しろよ」

せっかく、こうしておっさんがほいほい引っかかったんだからな。

『うむ、こんな可愛い娘っ子のために貢ぐことができるなら、むしろおっさん冥利に尽きるというものじゃ！』

お前、本当にとことんエロジジイだよな……。

『それに女というのは、辛いときに優しくしてくれた男にはコロッと惚れてしまうものじゃぞ！』

はいはい。

「……せっかくだし、甘えさせていただくことにするわ」

「ああ、そうしてくれ」

別に下心とかはないから。

『本当かのう？』

ないったらない。

「よし、今日は一緒に飲もう！　一次試験を突破したし、その記念だな」

「わたし、お酒を飲んだことまだなくて……」

「マジか。それは人生をかなり損してるぞ」

「はっ……まさか、酔わせた上で淫らな行為を……」

「うん、やっぱまだ酒を飲むには若過ぎる気がするな。やめておこう」

俺は即座に前言を撤回した。

宿に戻ってから一人で晩酌しよう。

◇◇◇

俺はアリアとともに、トロルがよく出没するとされる草原地帯を訪れていた。

「いたわ」

「本当だ」

見通しがいいため、身体の大きなトロルはすぐに分かる。

あまり群れを作ったりしない魔物であり、単体でいるのがありがたい。

「作戦通り、わたしが引きつけるわ」

「悪いな、危険な役割を任せて」

「仕方ないわ。わたしの剣じゃ倒せないんだし」

言いながら、彼女は無理やり補修した青銅の剣を掲げてみせる。

あくまでも気休め程度だ。それに剣士として、何か持ってないと落ち着かないらしい。

「あいつは動きが鈍いし、力は強いけど当たらなければどうってことないわ」

「無理はするなよ。——行くぞ」

俺は彼女と離れ、気配を殺しながら回り込んでいく。

合図と同時にアリアは石を投擲し、それがトロルの頭に当たった。

痛みに呻いて、トロルは周囲を見渡す。

すぐにアリアに気づいた。

彼女がもう一つ石を投げたところで、トロルは自分が攻撃を受けているのだと判断したようだ。

巨体を揺らして一目散にアリアの方へと突進していった。

「ウゴオッ！」

人間の頭部ほどもあろうかという拳を振るうトロル。

だがアリアは素早いバックステップで回避。

トロルは追撃するが、避けることに徹しているアリアはその悉くを避けていく。

剣で受けることもできないので、躱すしかないのだ。

その間に俺はトロルのすぐ背後にまで迫っていた。

脂肪で覆われた分厚い背中に、思いきり神剣を突き刺す。

ワイバーンの鱗すら斬り裂いた剣先は、しっかりと肉の中にまで沈み込んだ。

心臓を貫いたか？

「アアアッ⁉」

いや、逸れてしまったようだ。

これだけ脂肪が多いと、やはり急所の場所が分かりにくいな。

トロルは怒りの雄叫びを上げ、身体を回転させながら両腕を思いきり振り回してきた。

「うおっ！」

間一髪でしゃがみ込み、すぐ頭の上をトロルの丸太のような腕が掠める。

俺はその状態で剣を横に薙ぎ、トロルの足首を切り裂いてやった。

「ッ⁉」

片足をやられ、体重を支えられなくなったトロルが大きな音を立てて地面に倒れ込んだ。

すかさず俺はトロルの腹の上に乗っかり、今度はトロルの猪首を斬る。

トロルは断末魔の悲鳴を残し、灰と化した。

後に残った【魔人の皮】を回収する。

二枚あった。

「すごい、また複数ドロップしたわ。ツいているわね」

「これで七枚目か。順調だな。けど、そろそろ戻らないと陽が暮れてしまう」

「そうね」

今日の——初日の素材集めは終わりだ。

二次試験の期限は四日後の日没まで。

このペースでいけば恐らく間に合うだろう。

夕日に照らされながら、王都までの帰り道を二人で歩いていく。

『これ、手ぐらい繋いでみせろ』

なんでだよ。

デートじゃないんだ。

「ところでルーカス。気になったのだけれど」

不意にアリアが口を開いた。

「あなたの剣、随分と変な癖があるわね」

「え?」

「なんて言うか、右側を庇いながら戦っているっていうか……」

言われてみればそうかもしれない。

ずっと片手だけで戦ってきた弊害だろう。

「それにかなり独特だし」

俺の剣は、冒険者の多くがそうであるように我流だった。

しかし自分ではそれなりにちゃんとできていると思っていたのだが……どうやらアリアから見ると結構ヘンテコな剣らしい。

『うむ、お主の剣技は酷いものじゃぞ。力任せにもほどがある』

それを早く言えよ。

『阿呆(あほ)！　剣技を学ぶ暇があったら、もっと嫁を増やすべきじゃろうが！』

そんなウェヌスの言い分はやはり無視し、俺はアリアに問う。

「アリアは誰(だれ)から学んだんだ？　ワイバーンと戦ったときしか見てないが、明らかにそこらの剣士とは一線を画するものだというのは分かった。もしかして誰か高名な剣士から？」

「わたしはお父様から」

「お父さんから？」

「ええ。リンスレット流剣術——王家に伝授していたこともある流派よ」

俺は思わず息を呑(の)んだ。

「リンスレット……？　って、あの？」

「ええ、〝あの〟リンスレットよ」

アリアはどこか意味深に頷(うなず)く。

誰もが思い浮かべるのは、剣聖と謳(うた)われた英雄アルス＝リンスレットだろう。

百年ほど昔の人物である。

その武勲のお陰で、リンスレット家は侯爵位(こうしゃくい)にまで上り詰め、王家の寵愛(ちょうあい)を受けてきた。

そして長年に渡り、王家を剣によって支えてきた名門貴族だ。

だがつい数年前に爵位(しゃくい)を剝奪(はくだつ)されたと聞く。

この国では有名な話だ。

田舎育ちの俺でも知っているほどだからな。

「わたしはアリア＝リンスレット。リンスレット家の娘よ」

……そういうことか。

ようやく腑に落ちた。

彼女の貴族然とした立ち居振る舞いの理由も、まともな剣すら買うことができない状態に身をやつしてしまっているわけも。

「王宮に剣術の指南役として仕えていたお父様は、ある事件で無実の罪に問われ、処刑されたわ。そしてすべてを失った。領地も領民も名誉も誇りも」

アリアは悔しげに言う。

「その代わりに、多くを手に入れたのがレガリア家よ。……生憎、今のところは確かな証拠がないけれど、お父様が処刑されたのも、絶対、レガリア家の仕業だわ」

レガリア家もリンスレット家に並ぶ名門の侯爵家である。

両家の領地は接していて、以前からライバル関係にあったという。

そしてリンスレット家が取り潰された後、その領地も領民もすべてレガリア家が丸々手中に収めてしまっていた。

「もう失った領地や家族は元に戻らない。けれど、わたしは取り戻したいの。リンスレット家の名誉と誇りだけは、絶対に……」

だからこそ、この学校に入学してみせるのだと、アリアは力強く宣言した。

それであんなに必死だったのか……。

「……と、それはともかく。食事代のお礼に、わたしが剣の使い方を教えてあげるわ」

「それはむしろ食費程度じゃ釣り合わない気が……」

なにせ超一流の剣技である。

「いいのよ。どのみち今のままじゃ、リンスレット流剣術の名も地に落ちたままだし」

「そうか……。だったら俺の方からもぜひお願いしたい」

俺は彼女の申し出を喜んで受け入れたのだった。

『くくく、代わりにお主からは夜の剣技の方を身体に教えてやったらどうじ——あだっ⁉　ちょっ、お主いま我を蹴ったの⁉』

一度叩き割ってやろうか？

2

その後も素材集めは順調に進んだ。

【魔人の皮】は指定された十枚をすでに集め終え、今は【大鬼の牙】を収集しているところだ。

期限は明日までだが、あと三本でクリアできる。

一方、それと並行して俺はアリアから剣の指導を受けていた。

「……四百九十七、四百九十八、四百九十九……五百っ！　ぐへぇ……」

まずは基礎的な〝型〟からしっかりと身体に叩き込むべきだということで、今は素振りをさせられている。

五百回ぶっ通しでやった後、息を荒らげてその場に大の字に寝転んだ。

そんな俺の顔をアリアが上から覗き込んでくる。

あ、スカートの中が見えそう……。

俺は慌てて視線を逸らした。

「うん、最初より随分とよくなってきたと思うわ」

「ど、どうも……」

ぜえぜえ言いながら返す。

しばらくしてどうにか息が整ってくると、俺は上半身を起こした。

「アリアの教え方がいいお陰だ」

「そ、そうかしら？　人に教えるのは初めてだから、ちょっと心配だったんだけど……」

その割には、ちゃんと構えや型の意味を説明してくれたり、俺の骨格を踏まえ微調整して教えてくれたりと、まるで熟練の指導者のようだった。

「リンスレット流剣術は王族にも教えていた流派だから」

……なるほど。

それで誰もが理解できるよう、しっかりと理論づけられているわけか。

この特訓は非常にありがたいものだった。

やはり強力な武器を持っていると、どうしてもそれに頼りがちになってしまうからな。

武器というのはあくまでも武器なのだ。

それを扱う本人が武器に振り回されているようでは、一流の戦士にはなれない。

『そんなことより早く嫁を――』

エロ剣がまた何か言ってるが無視無視。

ちなみに俺たちが今いるのは、アリアが宿泊している宿の中庭である。

そこそこの広さがあるので、店主に許可を取って利用させてもらっているのだった。

と、そのとき。

「こんな宿に泊まっていたのかい、アリア」

どこかで聞いたことのある声が聞こえてきた。

振り返ると、中庭に先日アリアと言い合っていた青年が入ってくる。

確かライオスという名の貴族だ。

アリアはすぐに不機嫌そうな顔になった。

「……なんであなたがここに?」

「それくらい調べれば簡単なことさ」

ストーカー紛いのことを平然と言うライオス。

ますますアリアの表情が険しくなる。

そんな様子を知ってか知らずか、ライオスは周囲を見渡すと小馬鹿(ばか)にするように「ふん」と鼻を

鳴らして、

「それにしても随分とみすぼらしい宿だね」

いきなり失礼な奴だな。

宿の人に謝れ。

「一体なんの用よ？」

「君に会いに来たのさ」

「そう。悪いけど、わたしは別に会いたくないわ」

「そんなに邪険に扱わないでくれよ。僕は君のことを思って忠告しに来ているんだからね」

「忠告？　余計なお世話よ」

アリアは吐き捨てるように言う。

ライオスはやれやれと肩を竦めてみせた。

それからこれ見よがしに嘆息して、

「……僕は見ていたよ。一次試験のとき、君がタイムアップギリギリでゴール地点に辿り着くところをね。とても惨めだった。あんな君の姿、僕は見たくなかった」

「っ……」

「剣聖と謳われたかの英雄アルス＝リンスレットも、子孫のあんな姿を見て、きっと天国で嘆いていることだろうね」

「……黙りなさい」

それ以上の侮辱は許さないと、アリアは低い声音で訴える。

しかしライオスは構わずに続けた。

「今も、そんな薄汚い平民の男に頼らざるを得ないなんて……」

おい、それはもしかして俺のことか？

『くく、間違いないのう。確かにお世辞にも貴公子とは言えぬ面じゃ』

お前も認めるんじゃない。

「だけど、君がどうしても合格したいというのならば、僕が力を貸してあげてもいい」

ライオスはいきなりそんな提案を切り出してくる。

「そんな卑金属でできた安物の武具じゃあ、本来の君の実力の半分も発揮できないだろう？」

「ふざけないで。あなたの――レガリア家の手だけは絶対に借りたくないわ」

って、こいつレガリア家の人間なのか。

道理でアリアがここまで嫌っているわけだ。

自分の家が取り潰される原因となった（かもしれない）憎き家の人間なんだからな。

逆に何でこいつにはそれが分からないのか？

……馬鹿なのか？

「確かに、僕らの家は長きに渡って仲違いしてきた。けれど君の家が取り潰されたと知って以降、ずっと僕は心を痛めていたのさ」

「……」

「だから少しでも君の力になりたいんだ」

アリアは明らかに嫌がっている。

だが相手はまったく引き下がる気配はなかった。

せめて彼の言葉が心からのものであれば、少しはアリアに響いたかもしれない。

しかし生憎と、傍(はた)から見ても分かるくらいに上から目線なのだ。

自分がこんなにも心配してやっているのだから相手が靡(なび)かないはずがないと言わんばかりの傲慢(ごうまん)さが、その態度から滲(にじ)み出ているのである。

何だか無性に腹が立ってきたぞ。

部外者かもしれないが、俺は二人の会話に割り込んだ。

「おい、いい加減にしろ。アリアが困ってるじゃないか」

「平民は黙っていてくれないかい。それと彼女のことを気安く名前で呼ぶな」

こいつ、ぶん殴っていいかな……？

俺は苛立(いらだ)ちのままに告げた。

「だったら決闘で決着をつけようぜ」

「なに？」

「まさか、貴族サマが平民相手に恐れをなして逃げたりはしないよな？」

◇　◇　◇

決闘が成立し、俺とライオスは三メートルほどの距離を置いて互いに向かい合っていた。

「馬鹿な奴だ。まさかこの僕に決闘を挑んでくるなんて、身の程知らずにもほどがあるよ」

ライオスは余裕たっぷりに嘲笑してくる。

「……本当に大丈夫なの？」

「ああ。心配はいらない」

アリアが不安そうに訊いてくるが、俺は自信を持って頷く。

……実際にはかなり不安なのだが。

幾ら俺の身体能力が上がったとはいえ、相手は貴族で騎士学院の在校生。

ただ嫌味なだけではなく実力も確かだろう。

果たして今の俺で勝てるのか。

しかし敗北した方は、二度とアリアに近づかないと約束するという条件だ。

絶対に負けるわけにはいかない。

『まったく。そこは男らしく〝勝った方は彼女を自分の女にできる〟くらいの条件にすればいいじゃろ。なに妥協しとるんじゃ』

うるさいな。

もし本当に俺が負けたらどうするんだよ。

しかもそういうのは本人の同意が必要だろ。

『〝絶対に勝つから俺を信じろ〟と説得するのじゃよ！　そうして本当に勝てば、どんな女でも確実に落ちる！　ヤれる！　第一嫁ゲットだぜ！』

はいはい。

相変わらずのエロ剣に呆れつつ、俺は構える。

アリアに教わった構えだ。

その彼女からしても、ライオスの剣の腕前は相当なものらしい。

幼い頃から優秀な指導者から学び、各地の剣術大会でも実績を残しているため、対人戦の経験も豊富だそうだ。

また、ワイバーンに匹敵する危険度Bの魔物を討伐したこともあるとか。

幸いにも今の装備は剣と一部の装身具だけのようだが、そこは名門貴族が身に着けているものだ。

一見すると普通のアクセサリーであっても、身体能力を上げたり、魔法を放ったりできるような特殊効果を持つ場合もある。

「この剣は僕にとっては練習用の二級品だけれど、それでも聖銀を含んだ合金でできている。そんなナマクラじゃあ、一合だって打ち合うことは不可能だろうね」

『誰がナマクラじゃ！　おい、あやつをケツ穴から串刺しにしてやれ！』

いいけど、そんなことしたら汚れるぞ？

『おっと、そうじゃな。さすがに我も〇〇こ塗れにはなりたくないの』

それより本当にお前が言った方法で勝てるんだろうな？

『我を信じるのじゃ』

……どのみち、今さら後には退けない。

俺はすでに覚悟を決めていた。

「いつでもかかってきなよ」

ライオスは俺を自分よりずっと格下だと侮っている。

それに、平民相手に端から本気を出すなんてダサいし、軽くあしらってアリアにカッコいいことを見せてやろう、とでも思ってそうなのが丸わかりだ。

それこそがつけ入る隙だ。

俺は地面を思いきり蹴った。

一気に距離を詰めると、全力で横薙ぎの斬撃を繰り出す。

思っていたより剣速が速かったからか、少しだけ驚いた様子は見せたものの、あくまでも平静を装ってライオスは口端を吊り上げた。

「へぇ、意外と悪くはない。だけどこの程度じゃ僕には到底敵わないね」

俺の剣はライオスの剣に受け止められてしまう。

と思いきや、次の瞬間、キィン、という澄んだ金属音が響き渡った。

「な……？」

ライオスが目を剝いた。

彼の目線が追ったのは、剣の切っ先。

それがくるくると回って地面に突き刺さる。

「ば、馬鹿なっ……」

彼の手に残った剣は、刀身がその半ばで綺麗(きれい)に切断されていた。

3

跳ね飛んだ剣先が地面に刺さる。

マジか。

本当に斬れてしまうとは。

『だから言ったじゃろう？　あの程度の剣、我の前には紙切れ同然じゃと』

こいつ――神剣ウェヌスの性能は確かに優れている。

だがまさか、聖銀合金(ミスリル)製の剣すらも斬ってのけるとは。

……さすがに紙切れ同然という感触ではなかったが。

「ば、馬鹿な……こ、こんなことが……」

ライオスはわなわなと唇を震わせ、信じられない、とばかりに剣の切断部を凝視している。

俺は神剣の切っ先をその鼻先へ突きつけた。

「勝負ありだな」

「……っ！」

さすがに剣を折られてしまっては、これ以上は戦えない。

見たところ予備の剣も持っていないようだ。

「約束は守ってもらうぞ」

「くっ……平民ごときがッ……」

ライオスは美形の顔を思いきり歪（ゆが）め、俺を忌々（いまいま）しげに睨（にら）んでくる。

「往生際（おうじょうぎわ）が悪いわね、ライオス。あなたの負けよ」

「アリアッ……」

悔しそうに奥歯を噛（か）みながら、今度はアリアを睨みつけるライオス。

だが何を思ったか、不意に口端に嘲弄（ちょうろう）の笑（え）みを浮かべた。

「今日のこの愚かな選択、君は間違いなく後悔することになるだろう」

そして踵（きびす）を返し、ライオスは去っていく。

……負け惜しみにしては随分と不吉な宣告だったな。


見下している平民との約束を、あの貴族が素直に守ってくれるとは正直あまり思えない。

とは言え、さすがにプライドもあるだろうし、しばらくはアリアにちょっかいを出してくることはないだろう。

……直接的には。

「……あ、ありがとう」

普段の快活さが嘘のように、アリアがおずおずと礼を言ってくる。

「いや、むしろこっちが悪い。勝手に口を出してしまって」

俺が言うと、アリアはふるふると首を左右に振った。

「そんな、謝らなくていいわ。……嬉しかったから。他人のことなのに、あんなに怒ってくれて……」

「そ、それなら良かった」

予想以上に感謝されて、ドキリとしてしまう。

そのとき余計な声が割り込んできた。

『今ならキスの一つくらいさせてもらえるかもしれぬぞ！　行け！　行くのじゃ！　ほれ、ぶちゅーっと！』

黙れ、このエロ剣。

◇　◇　◇

翌日、俺たちは無事にすべての素材を収集することに成功し、二次試験を突破した。

そして三次試験は筆記だった。

一次を通過したのは百三十人程度だったが、二次でさらに四十人ほどが脱落したようで、三次試験を受けたのはおよそ九十人だった。

筆記試験は例年、大して内容が変わらないということもあって、しっかりと対策していればそれほど難しくはないと言われている。

それでも不合格者が二十人ほど出た。

俺も二十年のブランクがあったため不安だったが、直前の詰め込みの甲斐もあって、どうにかアリアと一緒に突破することができた。

四次試験に進むことができたのは、最初の受験者のおよそ六分の一に当たる約七十人だ。

「ではこれより諸君らに次の試験内容を伝える」

四次試験はダンジョンが舞台らしかった。

王都から西におよそ五キロ。

そこには『セランド大迷宮』と呼ばれる、未だに最下層が何層なのかも分かっていない高難度のダンジョンがあった。

そこから得られる様々なアイテムのお陰で、ダンジョンは金の鉱脈にも等しい。

各地から冒険者や商人がやってくることで、さらに都市の経済が潤う。

とりわけセランド大迷宮は各階層によって毛色が大きく異なり、入手できるアイテムの種類も豊富。

この都市がここまで栄え、王都にまでなったのは、このダンジョンがあったからと言っても過言ではないほどだ。

「合格の基準は次の通りだ。三日後の〝九ノ刻〟までに、第三層に存在する安全地帯まで辿り着くこと」

ただし、と試験官は続けた。

「先着三十二名までだ。三十二人目が到着した時点で、たとえ期限以内であろうとそれ以降の達成者は不合格となる」

今までと違って人数の制限があるらしい。

つまり、確実に半分以下にまで絞られるということだ。

ここまで残ってきていることから、三次の試験を受ける者たちは皆、実力者だと見ていいだろう。手にしている武具を見ても、どれも一級品ばかり。

今回の試験も受験者同士の協力は禁止されておらず、もちろん俺はアリアと協力するつもりだった。

俺たちは説明が終わるとすぐに出発した。

のんびりしていては勝ち目がない。

周りには走り出す者も多かった。

「急ぐのはいいけど、ダンジョンに潜る以上、相応の準備は必要よ」

「そうだな」

最長で三泊四日だ。

確実にダンジョン内で何度か寝泊まりすることになる。

となると、水や食糧は必須。寝袋やテントも欲しい。

治療薬（ポーション）も必要になるだろう。

「アリアの武器もいる」

「そうね……せめて、ナイフくらいは欲しいかも……」

無理やり補強して使っていた青銅の剣は、さすがにもう限界だった。

試験内容は毎年異なるのだが、筆記試験に続く高頻度で、こうしたダンジョン攻略がよく試験として採用されている。

そのため裕福な家計の受験生なんかは、あらかじめ準備していた者も多いだろう。

だが資金不足の俺たちにそんな余裕はなかった。

三次試験で入手した素材が、そのまま受験生のものとなり換金できたことがせめてもの救いだろう。

しかし不満を言ったところで状況は好転しない。

とにかくどうにか少ないお金をやり繰りし、準備を整えよう。

そして市場を回っていたときだった。

視線を店の方へと向けていたせいか、俺は前を見ておらず、擦れ違いざまに見知らぬ通行人と肩がぶつかってしまった。

「すいません」

「いえ、こちらこそ」

あまり特徴のない男性だった。

年齢は三十代半ばくらいか。

人の良さそうな相手で、難癖をつけられなくてよかった。

互いに謝罪し、何事もなかったように俺は準備を再開する。

予定では一時間ほどで終えたかったのだが、結局、思ったよりもかかってしまった。

スタートしてすでに三時間以上が経過している。

「急ごう」

「ええ」

遅れを取り戻すべく、俺たちはすぐにダンジョンへと向かった。

◇◇◇

「ライオス様」

「戻ったか、シュデル。首尾はどうだい？」

「はい。例のモノを、あの男の荷袋に施してまいりました。その効果は一次試験のときに実証されております」

「気づかれなかっただろうね？」

「もちろんでございます」

優秀な従者はしっかりと命令を果たしてくれたらしい。

ライオスは満足げに頷いた。

「しかし少々、回りくどくはございませんか？　もしお望みとあらば……」

「ふふ、君は僕の性格を知っているだろう？　狩りというのは、じわじわと獲物をいたぶりながら少しずつ追い詰めていくのが楽しいんじゃないか」

「……左様でございましたね」

従者が苦笑気味に頷く。

ライオスは瞳の奥に昏い光を湛えて、歪んだ感情を吐き出すのだった。

「……君は僕だけのものだよ、アリア。僕以外の男と一緒にいるなんて、絶対に許さないからね……」

4

――セランド大迷宮・第一層
俺はアリアとともにダンジョンへと足を踏み入れていた。

このダンジョンは、様相の異なる複数の階層に分かれている。

下の層に行けばいくほど出没する魔物が強力になっていくため、逆に上の層であればそれほど危険な魔物は出現しない。

ここ第一層――迷路フロアと呼ばれているところには、せいぜいゴブリンやコボルトなどの危険度Eに相当する魔物しか棲息していない。

唯一の問題は迷路フロアとの名前通り、非常に迷いやすい構造をしていることだが……すでに完全なマッピングがなされており、俺たちはその地図を購入しているため、迷うことなく進むことができた。

それでも踏破するのに半日かかってしまったが。

俺たちは安全地帯へと辿り着いていた。

地下とは思えない広々とした空間。

安全地帯の名の通り、ここには魔物が現れない。このダンジョンでは、次の層へと続く階段の手前に必ずこうした特殊な場所があるのだ。

「やっぱりここでキャンプをする連中が多いみたいだな」

先に辿り着いていた受験者たちが、すでにあちこちにテントを張っていた。

「魔物が出る場所だとしっかり休息を取るのは難しいから、当然と言えば当然ね」

ここ安全地帯は、第二層に挑むための拠点にもなっていて、一般の冒険者と思しき人たちの姿も見かけることができた。

地下にいるため分からないが、まだ外は明るい時間帯だ。

だがこの先、同じような場所があるのは第二層の奥。

俺たちもここで長めの休息を設けておいた方がいいだろう。

食事をして、できれば仮眠も取っておきたい。

俺たちはまずテントを張ることにした。

特殊な魔法素材でできているため、軽くて嵩張らず、冒険者たちに重宝されているものだ。

だが生憎と一張りしかない。

俺の私物だ。アリアは持っていない。

小さくてもそれなりに高価なので、とてもではないが新たに買う余裕などなかった。

まぁ、仮眠を取るにしてもどちらかが見張りをしていないといけないだろうし、問題ないだろう。

俺たちは持ってきた食糧——携行食なのであまり美味しくない——を食べながら、今後の予定を話し合う。

「今、何番目くらいのところにいるかしら？」

「どうだろうな。急いだとはいえ、準備に時間がかかったからな。金に余裕があって、あらかじめ準備をしていたような連中は、今日中に次の安全地帯に辿り着くことを目指していてもおかしくない」

そう考えると、本当にゆっくりしていられない。

実際この安全地帯には、これまでの試験を上位の成績で通過してきた者たちの姿が見えなかった。

恐らくもう先に進んでしまったのだろう。

食事を終えると、すぐにどちらかが仮眠を取ることになった。

だが周囲を見渡してみて、俺たちは悩む。

「……どこのパーティも見張りなんて置いてないわね……」

「そうだな……。そもそも魔物が出ない場所だし、これだけの人がいるなら安全だっていう判断だ

とになってしまう。

そうなると一人ずつ仮眠を取らなければならない俺たちは、またも大きな時間的なロスを負うことになってしまう。

「アリア。テントは使ってくれて構わない。俺は外で寝る」

「ダメよ。わたしよりもあなたの方が戦力なのよ？　あなたこそしっかり休息を取るべきだわ」

「そうはいかない。さすがに女の子を一人、外で寝させるなんてことできやしない」

互いに譲り合い、しかし一歩も譲らない。

「……仕方ないわね。じゃあ一緒に寝ましょう」

「さすがにそれは駄目だろ？」

俺が反論すると、アリアは胡乱（うろん）な目線を向けてきた。

「なに？　もしかして寝ている間に何か変なことでもするつもり？」

「いや、そんなつもりはないが……」

「じゃあ大丈夫じゃない。決まりね」

アリアはあっさりとそう結論づけてしまった。

「わたしの目標はこの試験を突破し、そして合格すること」

「……」

「そのためなら、どんなことにも耐えてみせるわ。……たとえ、あなたに襲われようとも」

「だから襲わねぇって」

『違うぞ！　今の発言はむしろ襲ってほしいという暗黙のメッセージじゃ！』
いつものエロ剣の発言はスルーして、俺はアリアを追ってテントの中へ。
思っていた以上に狭かった。
二人で横になると、どうしても身体が当たってしまう。
「さ、さっきはああ言ったけれど……」
アリアが言い辛そうに言ってくる。
「……明日もあるし、できればあまり体力を使うようなことは……」
「お前はどれだけ俺をオオカミ扱いしたいんだよ」
ったく、どいつもこいつも……。
疲れていたのか、その後、アリアはすぐに眠ってしまった。
反対側を向いて横になっているが、すぅすぅと規則正しい寝息が聞こえてくる。
『おい、今じゃぞ。絶好のチャンスじゃ』
……またお前か、エロ剣。
『なに躊躇(ちゅうちょ)しておるのじゃ。男ならここで欲望に身を任せるがいい！』
無視だ。無視。
そもそも彼女はメアリや娼婦(しょうふ)のような淫らな女たちとは違う。
だいたいまだ十五、六くらいだ。
俺のようなおっさんが、こんな成長途上の少女に欲情するなんて色々とマズイ。

『その割にはあそこが膨らんでおるようじゃがのう？』

……そ、それはお前が勝手に俺の性欲を強めたからだろ？

隣の少女とは無関係だ、無関係。

ともかくこのままでは眠れないので、俺は一人で性欲の処理を行うことにしたのだった。

なお仮眠後、目を覚ましたアリアが「……なんかイカ臭くない？」と聞いてきたので、全力で誤魔化した。

◇◇◇

「雰囲気ががらりと変わったわね」

「ああ。まさか地下にこんな森があるなんてな」

俺たちは第二層へとやってきていた。

どこまでも木々が鬱蒼と生え茂っているここは、森林フロアと呼ばれているらしい。

第一層とはまるっきり様相が違う。

この第二層からは、オークやトレントといった危険度Dクラスの魔物が出始める。

しかしここまでの試験を潜り抜けてきた者たちならば、余裕を持って戦える相手だろう。

俺たちも、アリアが安物のナイフしか持っていないというハンデはあるものの、よほど一度に多数が襲いかかってこない限りは問題ないはずだ。

ただしここから先は地図がない。

売ってはいたのだが、あまりにも値段が高くて断念したのだ。

なので手探りで進むしかなく、これもまた貴族連中と比べると大きなハンデだった。

『気をつけるのじゃ、その木、魔物じゃぞ』

ウェヌスが注意を促してきた直後、それまでただの樹木だと思っていた木の洞が牙を剝き、襲いかかってきた。

俺は剣を一閃。

トレントの胴体が真っ二つに両断される。

「今の、ほとんど無駄がなかったわね。いい一撃よ」

「本当か？」

「ええ。この短期間でかなり上達してきているわ」

確かに、今のは俺もいい感じで剣を振れた気がする。

我流で剣を振っていたときとは大違いだ。

魔物に苦戦することはなかったものの、やはり地図なしでの探索には苦労した。

第二層の安全地帯に辿り着くのに、第一層の倍以上の時間がかかってしまったのだ。

と言っても正確な時間が分からないため、体感だが。

懐中時計を買う余裕がなかったからだ。

『試験開始から今で三十八時間じゃ。我の体内時計は精確じゃから信頼していいぞ』

へぇ、お前、意外と便利な機能がついてるんだな。

『ふふん。なにせ我は神剣じゃからの』

……神剣にしては何とも俗な機能満載だけどな。

第二層の安全地帯でも長めの休息を取ってから、俺たちは出発した。

現在、試験開始から四十三時間。

タイムリミットまで、まだ四十一時間くらいある。

だが先着三十二名であることを考えれば、最低でも今から二十時間以内にはゴールに辿り着きたい。

そう思いながら俺たちは第三層へと足を踏み入れた。

ここからはトロルやオーガといった、危険度Cに相当する魔物も出没し始めるという。

二次試験などで何体も討伐した相手ではあるが、決して油断はできない、
しかもダンジョンはまたこれまでと雰囲気が一変し、洞窟(どうくつ)めいた作りとなっていた。

ここ第三層は洞窟フロアと呼ばれている。

「っ……また現れたわ」

「やけに遭遇回数が多いな」

運の悪いことに、俺たちはこの階層へと降りてきてから頻繁にオーガに襲われていた。

「……後ろからも！」

「ちょっと待て。さすがにこんなにオーガばかりが現れるのはおかしくないか？」

気づけば何体ものオーガに取り囲まれてしまっていた。

しかもまるで親の仇にでも会ったかのように、どのオーガもやたらと興奮している。

地上で遭遇したオーガはこんなことはなかったはずだ。

『うむ、確かに変じゃのう？』

ウェヌスも不思議そうに唸っている。

「とにかく戦うしかない。アリアはサポートしてくれ」

「……分かったわ」

5

オーガとの遭遇率の高さに、俺たちは大いに苦戦させられていた。

他の魔物に襲われることもあるのだが、圧倒的にオーガの数が多い。

異常と言ってもいいほどだ。

「……何かオーガに恨みでも持たれてるのか？」

半身で剛腕を躱してから、すかさず踏み込んで喉首を神剣で切り裂く。

巨体が倒れながら灰と化していくが、その後ろからすぐに次の一体が攻めかかってくる。

先ほどから戦いっぱなしだ。

「はぁっ……はぁっ……」

「アリア、大丈夫か？」

「え、ええっ……なんとかっ……」

喘ぐように返事を返してくるアリアだが、明らかに辛そうだ。

彼女の武器は安いナイフ。

オーガの爪を受け止めることなどできず、攻撃はすべて回避するしかない。

ゆえに余計な体力を消耗することになるのだ。

そんな彼女を護りながら戦っているせいで、俺の方もあまり余裕がなかった。

「二人とも棄権するかい？」

聞こえてきたのは試験官の声だった。

黒髪の少年だ。

年齢から言って教師ではなく、恐らく騎士学院の在校生だろう。

彼らは受験生たちの万一に備え、ダンジョンの各場所を常に見回っているのだ。

もし俺たちが棄権を宣言すると加勢して助けてくれるらしい。

「そんな気はないわ……っ！」

「そう……。だけど、この状況は明らかにおかしいね……。何かイレギュラーでも起こっているのかな……？」

どうやら彼から見てもこれは異常な事態らしい。

それにしても、俺とアリアばかり襲われているのはなぜだ？

少し離れた位置にいるあの少年の方には、滅多にオーガが向かっていかないのだ。

いや、そもそも俺とアリアだって、俺の方に集中的にオーガがきているような気が……？

だがもしこの予想が正しければ、逆にやりようはあるな。

「っ？　ルーカス⁉」

アリアから可能な限り距離を取るため、俺は全力で走り出した。

この状況で彼女から離れるのは賭け(か)だが、どのみちこのままではジリ貧だ。

「やっぱりな」

案の定、オーガの多くはアリアを放置して俺を一斉に追い駆けてきた。

「よし、一網打尽といくか」

俺が剣を振るうと、前方に激しい衝撃波が発生した。

――〈衝撃刃(ブレイドインパクト)〉。

これは神剣の持つ特殊能力の一つ。

直接攻撃より威力は落ちるが、任意で攻撃範囲を広げることが可能なので、こうした集団戦には持ってこいだ。

近くに味方がいると使えないのが欠点だが、アリアと離れた今なら問題ない。

衝撃波でオーガたちの巨体が吹き飛んでいく。

『後ろからも来ておるぞ！』

「まるでオーガのバーゲンセールだな」

そちらにも衝撃波をお見舞いする。

オーガは危険度Ｃの魔物だけあって、さすがにこの程度で死ぬような生命力ではない。なので倒れている隙に接近し、急所を一突きしてトドメを刺していく。

やがて足元が灰で覆われるほどのオーガを仕留めた後、

「ふう。これであらかた倒したか」

俺は周囲を確認して一息つくと、すぐにアリアの下へと戻った。

「ルーカスっ？　よかった。大丈夫だったのね……」

俺の姿を見て、彼女は安堵の息を吐く。

俺としても彼女が無事のようで一安心だ。

やはりオーガはそのほとんどが俺を追いかけていったらしい。

……しかしそうなると、そもそも俺が原因ってことになるな。

何かオーガに恨まれるようなことしたっけ？

生憎、心当たりがまったくない。

「何とか全滅させたぞ。また出てくるかもしれないけどな」

「あれだけの数を、まさか一人で……？」

唖然とするアリアだったが、不意に顔を顰めてよろめいた。

「つぅ……」

見ると、彼女の右足が赤く染まっていた。

地面に点々と赤い雫が落ちている。

「見せてみろ」

調べてみると意外と深い傷だった。

オーガにやられたらしい。

「ポーションを使った方がいいな。……って、やべ」

背負っていた革袋に大きな穴が開き、中身の大半が無くなっていた。

どうやらオーガとの交戦中に破けてしまったようだ。

「そっちにはまだ残っているか？」

訊くと、アリアは首を振った。

オーガとの連戦でかなり消費していたからな……。

俺の方はこの神剣の力で自然治癒力が高まっているので、少々の傷を受けても問題ない。

実際、少し前に受けた傷が、ポーションを飲んでいないのにもう癒えている。

だがアリアはそうはいかなかった。

とりあえず応急処置をほどこしたが、この足でゴールまで辿り着けるだろうか。

「大丈夫よ」

気丈にも何事もないかのように歩き出すアリア。

だがやはり痛むのか、額から脂汗を掻いていた。

……仕方ないな。

俺は彼女の前でしゃがみ込む。

「……？」

「乗ってくれ」

俺の意図に気づいて、アリアは息を呑む。

「……どうして一人で先に行こうとしないの？　あなた一人なら、きっとゴールに辿り着けるはずよ」

「そんなつもりはねーよ」

俺の断言に、アリアは眉を顰める。

「どうして？　このままだとあなたまで、三十二人という枠に入れないかもしれないわ」

「お前をこんなところで放置していけるかよ」

足を怪我し、まともな武器さえ持っていないのだ。

ロクに魔物と戦えまい。

試験官がいてくれれば託すこともできなくもないが、生憎、近くに姿は見えない。

先ほどかなり移動したので、見失ってしまったのだろう。

それに何より、ここまで一緒に頑張ってきたんだ。

俺一人でゴールするなんて後味が悪すぎる。

「何でそこまでしてくれるの？　ついこの間、会ったばかりなのに……」

『それはもちろん下心があるからじゃ！　あと、背中に当たるおっぱいおっぱい！』

お前は割り込んでくるな。

6

「……正直、俺は別に今回で合格しなくてもいいと思っているんだ」

俺がそう切り出すと、背中からアリアが驚く気配が伝わってきた。

「もちろん合格はしたい。けど、たった一度の失敗くらい、どうってことないって思ってる。また来年チャレンジすればいいいんだからな」

「……」

まぁそんな風に考えられるのは、過去にすでに三度も不合格になって、一度は諦めてしまった経験があるからなんだが。

言ってみれば、これはボーナスステージだ。

今の俺には失うものなんて何もない。

「アリアはちょっと生き急ぎ過ぎているかもしれないな。まだ若いんだし、少しは息抜きしていかないと。いつか燃え尽きてしまうぞ?」

「……あなたって時々、随分と老成したことを言うわよね?」

「仕方ないだろ。もう三十七のおっさんなんだ」

「え?」

アリアが息を呑む。

「まだせいぜい三十くらいかと思ってたわ」

どうやら今の俺はそこまで若く見えていたらしい。

ここ最近、ちゃんと髭(ひげ)を剃(そ)っている甲斐があったな。

「普通にアリアの親世代だぞ」

「……驚いた」

「もちろん自分の子供でもおかしくない年齢の少女に手を出したりはしねーよ。だから遠慮なく乗っかれって」

「う、うん……」

アリアは大人しく俺の背中に身を預けてきた。

赤い髪が俺の首筋を撫(な)でる。

俺は彼女を背負ったまま立ち上がった。

……エロ剣のせいでやっぱり背中の感触が気になる……ダメだ考えるな。

俺は父親。俺は父親。俺は父親。

背中にいるのは可愛い娘だ。

『考えるな！　感じるんじゃ！』

うるせぇ黙れ。

ウェヌスの言葉は適当に聞き流しつつ、俺はアリアを負ぶってダンジョンを進んだ。

「だけどこれじゃあ、さっきみたいに逃げるのは難しいわね」

「魔物が出ないよう祈るしかないな」

しかし祈りが通じたのか、急にぱったりとオーガが現れなくなった。

十分ほど進んだのに、遭遇したオーガはゼロで、アルミラージという兎のモンスターが二体出てきたのみ。

「……ぜんぜん現れないわね、オーガ」

「だな」

さすがにこれは祈り云々では説明できないぞ。

だが考えてみても、原因はまるで思い当たらない。

いや――

「そう言えば一次試験のときもオーガに遭遇したんだっけ？」

「そうよ。オーガなんて滅多にいない森らしいのに……」

今回の件と無関係とは思えないが……。

それから何度か魔物と戦うことにはなったが、いずれも良心的な頻度と数だったので、すんなりと倒せてしまった。

「……三十二人以内に入っているかしら？」

「どうだろうな」

すでに試験開始から七十時間近くが経過している。

達成者はそれなりにいるだろう。

「ダメだったら……」

「また来年受けよう」

「……そうね」

ずっと悲愴感が漂うほど合格への決意があったアリアだが、いい意味で少し気が抜けてくれたようで、頷いた声は思い詰めたような雰囲気がだいぶ和らいでいた。

「次は金をしっかり稼いで、万全の準備を整えてから挑みたいな」

「じゃあ、それまでは冒険者でもやっていようかしら」

彼女と一緒に冒険者か……それはそれで何だかとても楽しそうだ。

もちろん俺の勝手な妄想だ。

二人でパーティを組むとは限らないのだから。

アリアを背負ってから、恐らく二時間ほどは歩いただろう。

「……着いた」

ついに俺たちは第三層の安全地帯へと辿り着くことができた。

「やっぱり、すでにゴールしてる人が結構いるわね……」

最後はアリアを下ろし、二人で歩いて試験官のところまで向かう。何とか彼女の血は止まり、歩くことくらいはできるようになっていた。

果たして自分たちが何番目なのか、物凄(すご)くドキドキする。

「二十八人目と二十九人目。二人とも四次試験通過だ」

「「やった！」」

俺たちは思わず同時に声を上げていた。

いくら来年もチャンスがあるとはいえ、やはり今回で通過できたのは嬉しい。

顔を見合わせ、俺たちは喜びを共有し合う。

「やったわ。ギリギリね！」

「ああ。片方だけが通過みたいなことにならなくてよかった」

三十二人目と三十三人目だったら、そういうこともあり得たのだ。

「わたしは足を引っ張ってばかりだし、もしそうなったらあなたに譲ったわよ」

「いや、そうなってたら俺も辞退してたかもな。できればアリアと一緒に入学したい」

「えっ？　……そ、そう」

って、今の台詞、よく考えたらかなりイタイしキモイな。

変な勘違いをされかねないぞ。

ほら見ろ、めちゃくちゃ目を逸らされたじゃねーか。

顔も赤いし、怒っているのかもしれない。

『……ルーカスよ。お主、もしかして本気で言っておるのか？』

何の話だ？

『むぅ……お主、鈍感系主人公じゃったのか……。じゃが、それも一興かの！　くくく、見ておれ、すぐに我がお主らをくっつけて――』

……ウェヌスが何やらぼそぼそと言っていたが、よく聞き取れなかった。

EPISODE 04

第四章

酔った勢いでヤっちまう

ALLWAYS ON D RANK

1

「一対一の模擬戦を行ってもらう。相手は在校生だ。もちろん勝つのは難しいだろう。ゆえに内容で合否を判断することになる」

ダンジョンから帰還した翌日、四次試験の合格者たちは再び学院の屋外訓練場へと集められ、最終試験の内容を伝えられた。

ここまで残っているのが三十二名。

そのうち合格できるのは二十名ほどである。

「それでは、君たちの相手となる先輩たちを発表させてもらう」

◇◇◇

「まさか、こんな手を使ってくるなんて……」

さすがのアリアも、顔色を青くして嘆息する。

先ほどそれぞれの受験者の相手が発表されたのだが……彼女の相手が、なんとあのライオスだったのである。

「どう考えてもアリアを確実に落とすためだろうな」

受験生はたとえ負けたとしても、その結果で合否が決まるわけではないという。

だがそれを判断するのは試験官だ。

その試験官が必ずしも公平に結果を出してくれるとは限らない。

ライオスは有名貴族の息子だ。

試験官の判定を捻じ曲げるくらいのことはできるはず。

ゆえにアリアがどれだけ善戦しようと、不合格という判断を出されてしまうに違いない。

とは言え、さすがに受験生側が勝てば、そんな結果を出すことは不可能だろう。

そしてもし相手がライオスでなければ、どうにか勝利することもできたかもしれない。

『あの男に勝つのは無理じゃろうの』

ライオスは決して弱くない。

俺は勝利したが、あれはこの剣があったからだ。

一方、アリアは現在、まともな剣すら持っていない状態。

もちろんお金もない。

何とか購入できたとしても、せいぜい使い古しや、失敗作の青銅製の剣くらいだ。

しかしそれだと、ライオスの剣と何度か打ち合っただけで使い物にならなくなってしまうだろう。

先ほど対戦相手が発表される際に、ライオスも姿を見せた。

先日とは別の剣を腰に下げていたのだが、さすがは名門貴族で、やはり聖銀製の業物だった。

しかもあれ、たぶん俺が折ったものより良い剣だよな。

そう言えば、あのときは練習用の二級品って言ってたっけ……。

「あいつが持っている剣の、せめて半分の性能の剣があればな……。もしくは、こいつが使えれば……」

一度、アリアに神剣を渡してみたことがあった。

だがその瞬間、完全なナマクラと化してしまい、藁を斬ることすらできなかったのだ。

なぁウェヌス、何か良い方法はないか？

『あるぞ』

そうだよな……。

まぁお前から良い答えが返ってくるなんて、期待はしてないけど——

「——えっ？　あるのか⁉」

『おい、今かなり失礼なこと考えておらんかったかの？　我は神剣じゃぞ？　もっと期待してくれてもええんじゃぞ？』

「そんなことより方法があるなら早く教えろよ」

俺がウェヌスを問い詰めていると、アリアが怪訝な顔でこっちを見てきた。

「前から思ってたんだけど……あなた時々、自分の剣に話しかけていることがあるわよね？　……

いえ、べ、別にいいのよ？　きっと一人ぼっちだったあなたは、そうやって寂しさを紛らわせていたのよね？　その気持ち、わたしも分かるから。ふふ、わたしもね、辛いときは動物に話しかけて――」

「違うから」

ウェヌスが『娘っ子に我を渡してみるのじゃ！』と言ってくるので、俺は言われた通りにしてみた。

『あー、あー、テステス。どうじゃ？　聞こえるかの？』

「えっ？　声が!?　もしかしてこの剣がしゃべっているのっ？」

『左様じゃ！　まずは自己紹介をせぬとな。我はウェヌス＝ウィクト。愛と勝利の女神、ヴィーネによって生み出された神の剣じゃ！』

アリアは目を輝かせた。

「神剣……古い文献に載っているのを読んだことがあったけれど、まさか本当に実在していたなんて…………すごいわっ！」

剣聖を祖先に持つだけあって剣については詳しいらしい。

「いや、こいつが言ってるだけで本当に神剣かどうかは分からないけどな」

『何を言っておる！　我のように意思疎通できる剣など、そうそうおらぬぞ！』

「そんなことより、早く方法っていうのを教えてくれ」

ぐぬぬぬ、と不満そうにウェヌスが唸る。

機嫌を損ねてしまったのか、『もっと我を敬え！』と言ってプイッと顔を背けてしまった。

いや顔はついてないが。

「お願い、ウェヌス。わたしもその方法を知りたいわ」

『お主が言うなら仕方ないの～』

アリアが頼むと、あっさりと気をよくした。

ほんと、スケベな剣だな。

『アリアよ、ルーカスの〝剣姫〟になる気はあるか？』

「……けんき？」

『うむ。〝剣姫〟になれば、お主に〝疑似神具〟を授けることできるのじゃ。それは言わば我の子供のようなものでのう、その名の通り神造武具に匹敵する力があるぞ』

「すごいわ！　お願い、わたしをその〝剣姫〟にして！」

『ちなみに〝剣姫〟というのは嫁みたいなものじゃな』

「よ、嫁⁉」

アリアが頓狂な声を上げた。

『左様！　我は愛と勝利の女神によって生み出された神剣じゃからの！　力の源はすなわち、愛なのじゃ！』

俺は横から割り込んだ。

「ちょっと待て。お前の【固有能力】で、そんなことまでできるなんて聞いてないぞ」

『言っとらんかったからの。〝眷姫〟と〝疑似神具〟を増やし、最強のハーレム軍団を生み出すことこそ〈眷姫後宮〉の真の力なのじゃ！』

何だその、いかにも頭の悪そうな能力は？

2

「と、とにかくだ」

俺は一つ咳払いしてから、ウェヌスを咎める。

「いきなり人の嫁になれとか、お前はアホか。アリアとはまだ出会ったばかりなんだぞ」

『阿呆はお主の方じゃ！　この娘っ子はどう見てもお主に惚れておるじゃろうが！』

「は？」

また何を言ってるんだ、このエロ剣は。

こんな美少女が、俺みたいなおっさんのことなんて――

「〜〜〜〜〜〜〜〜〜〜〜〜っ」

――アリアは顔を真っ赤にしていた。

「……アリア？」

俺の視線から逃れるように顔を背けると、「あう」とか「うあ」とか、何やら言葉にならない声で呻いている。

いつもの毅然とした彼女とはまるで違う。

物凄く動揺しているように見える。

まぁでも、別に本当のことを言われて恥ずかしがっているとかじゃないだろう。

そりゃそうだ。

こんなおっさんに、彼女のような美少女が惚れるなんてあり得ない。

むしろ顔が赤くなるほど怒っているのかもしれない。

……うん、その可能性が高いな。

おい、アリアに謝れよ、このエロ剣。

『ほんと、お主という奴は……。ちょっと自己評価が低すぎるじゃろ？』

俺は自分の位置をそれなりに正確に理解しているつもりだぞ。

『はぁ……。何で我の使い手に選ばれたお主の方が、最大のネックになっておるんじゃ……。お主とて、娘っ子のことを好いておるじゃろ？』

馬鹿を言え。

さすがにここまで歳が離れた子に、そんな気持ちなんて抱くかよ。

『ええい！　年齢差がなんじゃ！　男女の愛の前に年齢など関係ない！　そんなどうでもいい価値観に囚われるな！』

ウェヌスの怒号が響く。

『……いや、お主にどうこう言うより、むしろここは娘っ子に頑張ってもらうとするかの』

それからウェヌスの声が途切れる。

どうやらアリアだけに声を飛ばしているらしい。

こら、変なこと言うんじゃないぞ？

『意中の相手のハートを射止めるには、あれしかない！　すなわち〝でぇと〟じゃ！』

デート……？

アリアは小首を傾げ、心の中でその言葉を反芻する。

『なんじゃお主、もしかして〝でぇと〟したことがないのか？　いや、いいのじゃ。むしろ初々しくて結構！　始まりさえすれば、後は彼奴に丸投げしてリードしてもらえばええしの！　よし、では早速準備をするぞ！　まずは服からじゃ！』

そして半ば押し切られるようにして、アリアはデートの準備を進めることとなる。

「ほ、本当にこんなことで上手くいくのかしら……？」

『安心せい。くくく、最後はアレを使っての……』

「アレって？」

『――酒じゃ！』

お酒……？

◇◇◇

「ごめんなさい、待った？」

「あ、ああ……そうだな。かれこれ二時間くらい……」

王都の中央広場の時計台前。

準備が必要だからということで、俺はそこで待たされていたのだ。

『こりゃ！　そのまま答える奴があるか！　そこは爽やかに「いや、ついさっき来たばかりさ（キラン）」と、微笑んでみせるのが男というものじゃろうが！』

ていうか、ここで待ってろって言ったのはお前だからな？

「って……その格好は……？」

そこで俺はアリアの服装が変わっていることに気づく。

これまでは彼女が身に着けていたのは、随分と着古した衣服だった。

だが今の彼女は、決しておしゃれとまでは言えないものの、年頃の女の子が着るようなきちんとした服に着替えていたのだ。

涼しげな白いブラウスに、都会的で垢抜けた雰囲気のコルセットスカート。

よく似合っている。

というか、すごく可愛いと思う。

「ど、どうかしら……？」

『可愛いと言え！　可愛いくて今すぐ抱き締めてキスしたいくらいだと言え！』

お前は黙ってろ。

「ああ、すごくいいと思うぞ。……新しく買ったのか？」

「う、うん。ウェヌスが絶対必要だってうるさくて、剣を買うために貯めていたお金を使って……。と言っても、新品を買う余裕まではないし、古着屋さんで探したんだけど……」

古着には見えないな。

いや、よく見ると、ところどころ解れていたりするか……。

たぶん、服が云々というより、良く見えるのはほとんど着ている本人のお陰だな。

美人なのはもちろんだが、気品があって華があっておまけにスタイルもいいのだから、そりゃちょっとまともな服を着ただけで可愛く見えるのだろう。

すでに広場にいる人たちから注目を浴びている。

そして当然ながら、冴えない格好をしている俺が釣り合っていない。

しかも歳の離れたおっさんだしな。

……それにしても、これから何をするつもりなんだ？

ウェヌスの奴に言われて、俺はここで待たされていたわけだが……。

そんな疑問を抱いていると、不意に左手に柔らかいものが触れた。

アリアがいきなり俺の手を握ってきたのだ。

「……？」

思わず眉根を寄せる俺に、彼女は訊いてくる。

「……手を繋いでもいい？」

「あ、ああ」

ていうか、もう繋いでるよな？

とりあえず頷いておくと、ぎゅっ、と。

俺の手をしっかりと握って、しかしそれが恥ずかしいのか、顔を赤くして少し俯いている。

「……今から何をするつもりなんだ？」

「で、デート」

返ってきた答えに俺は当惑する。

デート？　デートって、何だっけ？

いやいや、デートくらい知ってるっての。

だがいかんせん、俺はもう四十近いおっさんだ。

最後にデートをしたのは何年前のことだろうか。

十年ぶり？　もっと前かもしれない。

「何で俺と？」

「……わたしとじゃ、嫌……？」

不安そうな上目遣いで問われて、嫌と言える奴がいるわけがない。

「嫌ってわけではないが……」

「じゃあ……デートしてくれる？」

俺は頷くしかなかった。

3

「……と、とりあえず行こうか」

ぎこちなく言いながら、彼女の手を引いて歩き出した。

なぜいきなりデートなのかという疑問はあるが、俺も男だ。

ここはしっかり女性をエスコートしなければならないだろう。

『うむ！　その意気じゃ！』

デートするには余計な奴もついてるけどな？

「どこか行きたいところはあるか？」

「そうね……」

その辺は何も考えていなかったのか、アリアは眉根を寄せて思案する。

「ぶ、武器屋とか？」

「それ絶対デートで行くような場所じゃない」

「じゃあ……闘技場？」

「ないとは言わないが、随分と血生臭いな……」

「ごめんなさい……わたし、ずっと剣一筋だったから、そういうのあんまり知らなくて……」

どうやらアリアはデートの経験がまったくないらしい。

俺だって年齢の割に経験豊富とは言い難いが……。

「なら劇場にでも行ってみるか」

王立劇場はちょうど俺が二十年ほど前に王都にいた頃に造られたもので、基本的に毎日何かしらの劇が上演されていた。

劇場内に幾つも舞台があって、常に複数の劇が同時に行われている。

いきなり足を運んだ俺たちだったが、運よくすぐに見ることができそうな劇があった。

本当なら激しい殺陣(たて)があるようなのが良かったのだが、恋愛ものだ。

まぁ仕方がない。

『阿呆！　〝でぇと〟のときは端(はな)からラブストーリー一択じゃ！』

さいですか。

しかし意外にもアクションシーンの豊富なハラハラする物語だった。

不釣り合いな身分同士の恋を描いたもので、普通の平民の主人公が大貴族の令嬢であるヒロインと恋に落ち、二人で駆け落ちをするというもの。

追っ手を撒(ま)きながらどうにか領地を脱出しようとするが、しかしあと一歩のところで捕まり、ヒロインは屋敷に連れ戻されてしまう。そして主人公は牢獄(ろうごく)へ。

その後、望まぬ結婚を強いられるヒロイン。

愛する人に別れを告げることもできないまま、その結婚相手がいるという遠い地へと旅立つことになる。

だがその途中、主人公が現れた。

彼は牢獄でヒロインの結婚の話を知り、決死の覚悟で脱獄したのだ。

護衛の騎士たちの包囲網を奇策で突破した主人公は、ヒロインの手を取って再び逃走。

そこに立ちはだかったのは、新郎となるはずの大貴族の子息だった。

その大貴族の子息は、著名な剣術大会で幾度も優勝しているという腕の持ち主。

それでも主人公はヒロインを賭けて、新郎との決闘に応じることに。

誰もが主人公の敗北を確信する中――しかし最後には彼の愛が奇跡を呼び、勝利。

そしてついにヒロインと結ばれ、ハッピーエンド……というのが、大まかなあらすじである。

劇が終わったときには、隣からすすり泣く音が聞こえてきていた。

二人の想いが成就した感動に、俺もちょっとうるっときてしまった。

「……いい劇だったわね」

「そうだな」

それにしても最後の決闘……何だか既視感があったな。

まぁ俺とライオスがやったやつは、あそこまでの盛り上がりはなかったが。

勝ち方もしょぼかったし。

劇の感想を言い合いながら、俺とアリアは一緒に歩いた。

こうして共通の話題があると、会話が弾むものだ。

演劇を見たのは正解だったかもしれない。

それから市場に行ってみたり、観光名所を見てみたり、二人で思いつくままに王都を楽しんでみた。

こうしていると、何だか本当のカップルみたいだ。

いや、さすがにこれだけ年齢差があると、周りからは良くて仲の良い親子、下手をすれば援助交際に見えるかもしれないが……。

やがて日が暮れてくると、俺たちは飲食店に入った。

「デートって、こんなんでよかったのか？」

「分からないけど、楽しかったわ」

そうか。まぁ楽しんでもらえたなら何よりだ。

「だが、試験の方は大丈夫なのか？」

明日は運命の最終試験だ。

どのみち今からジタバタしたところでどうにもならない。

なので ウェヌスの〝秘策〟とやらに頼るしかないのだが……。

「……え、ええ、そのはずよ」

本当に大丈夫なのだろうか……？

神剣のくせに、色々と信用し切れない奴だからなぁ。

『なんじゃとぉ～？』

「それより遠慮しなくていいわよ？」

「？」

「お酒。……好きなんでしょ？」

「あ、ああ……」

俺は逡巡する。

デートだからと遠慮していたというのもある。

だがそもそも、お金が厳しかったというのと、悲願の試験合格のために、実はしばらく酒断ちをしていたのだ。

「いいじゃないの。明日の最終試験に支障がない程度なら大丈夫よ。……あ、店員さん、注文いいかしら」

言いながら、アリアはさっさとエールを一杯注文してしまった。

よく冷えた美味そうなエールを目の前に置かれてしまえば、もはや俺の身体は抗うことなどできなかった。

うん。

せっかく出てきたというのに、飲まないなんて勿体ないしな。

お言葉に甘えることにしよう。

そんな言い訳をしつつ、俺はジョッキに口をつけたのだった。

◇◇◇

「おおー、アリアがたくさんいるように見えるー？　いつのまに分身できるようになっだんらー？」

「はいはい、呂律がおかしくなってるわよ。それより、あなたの宿はこっちだったわよね？」

「いえーす」

「危ないから連れていってあげるわ」

酔っ払った俺はアリアに肩を貸してもらいながら夜道を歩いていた。

思っていた以上に飲んでしまったせいだ。

うーん、おかしいなぁ？

最初は一杯でやめておくつもりだったんだが？

ていうか、アリアがどんどんお酒を注文したからのような……？

まぁいいや。

「んー、アリア～」

「なに？」

「アリアの髪って、いい匂いするよなぁ～？」

「な、なに言ってるのよっ」

途中、何やら色々と話をしたような気がするが、生憎、その辺りの記憶は全然ない。

気がつくと俺は借りている宿の部屋へと辿り着き、ベッドに倒れ込んでいた。

そしてアリアが俺の身体の上に乗っかってきていた。

ん？　これはどういう状況だ？

よく分からないが、とりあえず彼女のお尻の感触が気持ちいい。

「ねぇ」

「どーしたん？」

「……わたしを、抱いて？」

俺の顔を上から見下ろし、アリアはそんなことを言った。

4

抱いて……って、単に抱き締めてって意味じゃないよな？

うむ、酔っていてもそれくらいは俺にも分かるぞ。

アリアは俺の上に跨ったまま服を脱ぎ始める。

すぐに下着しか身に着けていないあられもない姿に。

「すげー綺麗な身体……」

俺は頭に浮かんだ感想をそのまま口にした。

すると彼女は、はにかんだように顔を赤らめてから、

「……ありがと。……でもそれを今から、あなたのものにしていいわ？」

「マジか」

「……うん」

相手が娼婦であれば、きっと俺は何の躊躇もしなかったに違いない。

だが彼女は違う。

清廉で、高潔で、どこか神聖さすら感じさせるほどの美少女。

しかもまだ十代の半ばという、子供から大人へと移り変わるその途上にある。

畏れ多いのだ。

彼女は高嶺の花的存在であるべきで、俺みたいな庶民のおっさんが触れて穢してしまってはいけない。

だから俺は彼女を抱くことはできない。

いや、抱いてはいけないのだ。

たとえ彼女の方から求めてきたのだとしても、俺は年上の男として、その一時の気の迷いを正し、護ってやらなければならないだろう。

……素面のときだったらそれができたはずだ。

けれど、このときの俺は酔っていた。

「ん」

「っ……」

突然、アリアが自分の唇を俺の唇に押しつけてくる。

まるで強い火酒を流し込まれたかのような熱がそこから一気に広がっていく。

燃え上がるその火を、酔っている俺に消せるはずもなく……。

「アリアっ！」

「きゃっ？」

アリアの華奢(きゃしゃ)な身体をいったん押し退(の)けると、俺の方から彼女の上に圧(お)しかかった。

今度はこちらから彼女の唇を奪う。

先ほどのような軽いものではない。舌で唇を強引(ごういん)に開かせ、その唾内(こうない)へと侵入させた。

「……んむぅっ⁉」

目を見開いて驚く彼女だが、俺は遠慮せずに彼女の口の中を蹂躙(じゅうりん)する。

卑猥(ひわい)な水音が響き、段々と彼女の目が惚(ほう)けていく。俺の舌を受け入れたのか、彼女もまた自分から舌を絡(から)ませてきた。

たっぷりと唾液(だえき)を交換し合った後、いったん唇を離す。イヤらしい銀糸の橋が互いの唇の間に橋が架かった。

「……はぁっ、はぁっ………ひゃっ⁉」

呼吸を荒らげる彼女を休ませることなく、俺は下着を捲(まく)り上げた。

そして躍り出てきた生の至高の乳へ、一も二もなくむしゃぶりつく。

「〜〜〜〜〜っ！」

この夜、俺は欲望の赴くままにアリアを抱いた。

◇◇◇

目が覚めると、すぐ隣に美少女の寝顔があった。

アリアが俺と同じベッドの上で寝ていたのだ。

視線を下に向けると、シーツに包まれた彼女の身体は、何一つ身に着けていない生まれたままの状態である。

そして俺の方も。

……夢じゃなかったのか。

いや、はっきりと記憶している。

酔っていた割に、俺は昨晩のことを鮮明に思い出すことができた。

俺はアリアと一線を越えてしまったのだ。

思っていた通り彼女は処女だった。

「何やってんだよ、俺は……」

メアリを抱いてしまったときを、遥(はる)かに超える罪悪感に襲われる。

マジで酔った俺、アホかよ。死ねよ。

酒を飲んでも飲まれるなって言うだろうが。

てか、そもそもどう考えてもウェヌスの入れ知恵だよな？

酒を飲んだときの俺のチョロさを知って、アリアを焚きつけやがったんだ……。

「ん……」

と、色っぽい吐息を漏らして、アリアが小さく身動ぎした。

その振動でシーツがずり落ち、白い肌が露わになる。

持ち主の気高さを表すかのように、ツンと上を向いた形の良い胸。

昨晩散々味わったその感触が手のひらに蘇ってきて、下半身が熱くなった。

アリアの瞼が開く。

目が合った。

寝起きで頭が回らず状況を理解できていないのか、しばし彼女は「?」という顔をしていたが、やがて昨晩のことを思い出したようで見る見るうちに頬が赤くなっていく。

シーツを上げて顔を半分まで隠して、

「……は、恥ずかしいわ」

その表情と仕草がとても可愛かった。

こんな美少女が俺なんかと……。

「ねぇ」

「……な、何だ？」

「ちゃんと責任とってよね」

「俺を酔わせてハメたのはそっちだよな？」

いや、俺もハメたか……って、なに言ってんだ。

我ながら酷いオヤジギャグだった。

俺は表情を引き締める。

「アリア」

そして真剣な声で彼女を問い詰めた。

俺なんかでは説得力がないだろうが、しかしここはしっかり言っておかなければならない。

「何であんなことしたんだ？　……幾ら合格を勝ち取りたいからって、好きでもない男に身体を売るような真似までして。そんなやり方で、お前は本当にそんな自分を誇ることができるのか？」

「…………ばか」

今、馬鹿って言われたぞ……？

俺が面食らっていると、アリアはますます機嫌悪そうに唇を尖らせた。

それからボソリと、

「……好きでもない男にあんなことしないわよ」

「え？」

「だーかーらっ……」

怒ったように言ってから、いきなり俺の身体に抱きついてきた。シーツが落ち、彼女の生の肌の柔らかさに心臓が跳ねる。

アリアは俺の耳元に唇を寄せ、囁くように言った。

「……あなたのことが好きだから、いいと思ったのよ」

「マジですか」

「マジよ。わたしはあなたが好きなの。だから何も後悔なんてしてないわ。…………は、恥ずかしいんだから、言わなくても察してよっ」

俺から離れ、再びシーツで身体を隠すアリア。

白い肌が赤く染まっていた。

「昨日の夜のことの方がよっぽど恥ずかしい気が……」

「や、やめてよ……。……わたしも酔っていたのかもしれないわ」

「飲んでないだろ？」

「愛に酔っていたのよ」

もっと恥ずかしい台詞が飛んできた……。

「……俺なんかでいいのか？」

「違うわ。あなたがいいのよ」

そんなにストレートに言われると、おじさん困っちゃうぞ。

「けど俺は見ての通りおっさんだぞ？」

「別に気にしないわ。あなたが何歳だろうと。だって、わたしが好きになったのは、そういうところじゃないもの」

「アリア……」

「～～～っ」

自分で言っておきながら恥ずかしかったのか、さらに赤くなっている。

物凄く可愛い。

ったく、ズルいぜ。

こんなの責任を取るしかないじゃねーか……。

自分の手で手折ってしまったこの美少女から、俺は決して逃げることはできないと思った。

『おめでとうなのじゃ！』

これまでの俺たちのやり取りを聞いていたのか、いきなりウェヌスの声が響いた。

どこにいたのかと見渡してみれば、部屋の壁に立てかけてあった。

『これで晴れてアリアはおぬしの嫁――もとい〝眷姫〟となったぞ！　くくくっ、昨晩はお楽しみじゃったのう』

「……お前、もしかして見てたのか？」

『生憎、鞘に収められていたせいで喘ぎ声しか聞こえんかったわい』

あ、喘ぎ声って……。

ちらりと見ると、アリアが顔を沸騰させんばかりに赤くしていた。

『あんっ……ルーカスぅぅぅっ……あなたの熱いのがっ、わたしの膣にぃぃぃぃっ……』

「やめろよ⁉」

「やめてよ⁉」

5

『それでは早速、お主に疑似神具(レプリカ・ウェヌス)を授けようぞ！』

突然、ウェヌスが淡く輝き始めた。

そして無数の光球が渦を巻くように浮かび上がったかと思うと、アリアの周囲へと集まっていく。

美しい裸身を包み込む光の束(たば)。

何とも幻想的な光景だ。

ていうか、アリア、まだ裸のままなんだが……。

光はやがて彼女の手のひらへと集束していき、剣の形状へと変わっていく。

気づけば彼女は、自らの髪とよく似た色――すなわち、真っ赤な色をした美しい刀身の剣を手にしていた。

『性交――げふげふ……成功じゃ！』

今どう考えてもワザと間違えたよな？

「これが……わたしの……」

『うむ。疑似神具(レプリカ・ウェヌス)――〝紅姫(べにひめ)〟じゃ！』

「紅姫……」

アリアはそう呟きながら、愛おしげに剣の腹を指でゆっくりと撫でた。

『眷姫の疑似神具は、ご主人様との愛情の深さ次第で力を増す。したがって現状に決して満足せず、できる限りイチャイチャすることが肝要なのじゃ！』

「……」

俺が胡散臭いものを見る目を向けると、ウェヌスは『いや本当じゃぞ？』と訴え、

『それから疑似神具があれば、〈念話〉によって離れていても会話することが可能じゃ。範囲は相手との心の距離に反比例するがの。つまり心の距離が近ければ近いほど、遠距離のやり取りができるということじゃ』

「すごいわ。ルーカス、ぜひ試してみましょう！」

よほど嬉しい能力だったのか、アリアは早速とばかりに部屋を飛び出そうとする。

俺は慌てて止めた。

「ちょ、アリア！　服、服っ！」

「あ、そうね」

危ない危ない。

ちゃんと服を身につけたアリアが部屋を出ていく。

しばらくして、頭に彼女の声が響いてきた。

『ルーカス、聞こえる？』

「ああ、聞こえるぞ」

『すごい！　二百メートル以上は離れているのに！』

彼女の興奮した様子が伝わってくる。

『現状じゃと、四、五百メートルくらいの距離までならば問題なく会話できるのではないかの』

『ウェヌスの声も聞こえるのね』

『それはその紅姫のお陰じゃ』

この能力を応用すれば戦略の幅が広がりそうだ。

『……ねぇ、ルーカス』

「？　どうした？」

『好きよ』

「ぶっ⁉」

不意打ちだったので思わず吹き出してしまう。

『こんなふうに離れていても想いを伝えることだってできちゃうのね』

「そ、そうだな……」

『くくっ、そうじゃや、その調子じゃぞ！』

最終試験が始まった。

会場は室内に設けられた訓練場だ。

普段から模擬戦などが行われる場所のようで、中央に四角い舞台があり、その周囲を観客席が囲っている。

見学しにきたらしく、観客席には在校生と思われる少年少女の姿があった。

現在すでに最初の試合が行われているところだ。

俺は三試合目なので、この次の次である。

不意に手の甲に柔らかな感触が。

アリアが俺の手を握ってきたのだ。

「いよいよね」

「ああ」

「せっかくここまで来たんだから勝ちたいわ」

緊張しているのか、少しだけ手が震えていた。

俺は両手で包み込むように握り返し、

「勝てる。アリアなら」

「……あなたもね」

やがて一試合目、二試合目と終了し、ついに俺の番となった。

試験官に呼ばれ、舞台に上がる。

相手は十七、八くらいの青年だ。

少し素行の悪い貴族の坊ちゃんといった雰囲気で、大剣が武器らしい。

「さぁて。おっさんには悪ぃが、本気で行かせてもらうぜ？　誰にとは言わねぇが、そう命令されちまってるからよ。悪く思うな」

……予想していた通りだな。

アリアだけでなく、俺の方も合格を阻止しようと動いてくると思っていた。

目の前のこの少年はライオスの息がかかった生徒だろう。

ここでもし俺が負ければ、たとえ善戦していようとも、試験官に不合格にされてしまうに違いない。

「ま、おススメは降参しちまうことだな。そうすりゃ痛い目を見ずに済む。幾ら怪我に備えて上等なポーションが用意されているっつっても、痛ぇもんは痛ぇしな」

「ご忠告どうも。だが生憎とそのつもりはない」

「……へっ。そーかい。どうやらオレに勝つ気みてぇだが、あんまり舐めてもらっちゃ困るぜ？　これでも武技の成績は学年トップクラスだからな」

俺が提案を突っ撥ねると、青年は不敵に笑って自慢げに明かしてくれた。

「それでは試験開始」

試験官の合図で試合が始まった。

「あんたの無謀な決断、後悔させてやるぜっ！」

青年が躍りかかってくる。

重量級の武器を手にしているというのに、速い。

剣速も大剣のそれではなかった。

最初の一撃で仕留めにくる気だな。

一瞬で決着がついてしまえば何のアピールもできないため、より確実に不合格にできるということだろう。

『確かに速いの。しかし――』

ブンッ。

俺にあっさりと回避され、大剣は虚しく空を切った。

「なっ⁉ ……ちっ！ 運がいいじゃねぇか！ だがそうそうマグレは続かねぇぞ！」

青年は大剣を豪快に振るい、次々と斬撃を繰り出してくる。

だが俺には掠りもしない。

『くくく、〝眷姫〟ができたお陰でさらに身体能力が上がったからの。大剣にしては速いが、今のお主なら簡単に躱せるじゃろう』

確かにいつもよりも身体が軽い。

しかも動体視力まで上がったのか、相手の動きがゆっくりに見える。

お陰で剣の軌道を完璧に見切り、余裕を持って避けることができた。

「くそっ、ちょこまかと逃げ回りやがって！ だが逃げてばかりじゃ、どうにも――なっ⁉」

俺はウェヌスで相手の剣を真正面から受け止め、それどころか弾き返した。

それだけで大剣に亀裂が入ってしまう。

「……だから回避に徹してたんだけどな。せっかくの高価な剣がダメになっちまうから」

「聖銀の合金製だぞ⁉　なんでそんな普通の剣でっ……？」

重量級の武器を跳ね返されたせいで、青年は体勢を崩してよろめいている。

そろそろ終わらせるか。

すかさず俺は攻撃へと転じた。

「っ！　しまっ――」

繰り出したのは足を狙う斬撃。

狙った通りに青年の右足の腿をすっぱりと斬った。

「ぎゃあああっ⁉」

悲鳴を上げ、青年は大剣を放り捨ててその場に引っくり返った。斬られた右腿から血がドバドバと溢れ出し、舞台を染めていく。

もはや戦闘続行は不可能なはずだ。

すぐに治療しないと出血多量で死んでしまうぞ。

「試験終了！　早く、ポーションを！」

試験官もすぐに続行不可と判断して叫んだ。

「……なんか呆気なかったな」

『さらに眷姫を増やせばもっともっと強くなれるぞ！　それこそが英雄になる近道じゃ！』

「だからそんな気はねぇって」

俺は舞台を後にし、アリアのところへと戻る。

「合格、おめでとう」

アリアに言われてハッとする。

そうか、合格か。さすがに今の戦いで不合格にはできないはずだし、間違いないだろう。

かつて諦めた場所に、今度こそ手が届いたのだ。

だが俺は、あえて喜びを胸の中へと抑え込む。

「どうしたの？　嬉しくないの？」

「いや、アリアが合格するまで喜ぶのは取っておこうと思って」

俺の言葉にアリアは、ぽっ、と頬を赤くして、

「……うん、待ってて。絶対、二人で一緒に喜べるようにするから」

6

次の試合が始まった頃、俺はトイレに行くと言って試験会場を後にした。

『行くつもりかの？　ただの悪戯かもしれぬぞ？』

「悪戯にしては少々性質が悪すぎる。それに思い当たる節もあるしな」

歩きながら、俺はウェヌスと言葉を交す。

ポケットの中に仕舞っていた手紙を取り出すと、そこに書かれた文を改めて目で追った。


――赤髪の女の試験を邪魔してほしくなければ、試合後に下記の場所まで来い。


何の特徴もない筆跡だ。

文章の下には騎士学院構内のとある場所が書かれていた。

今朝、宿を出ようとしたときに女将さんから渡されたのだ。

何者かが俺宛に手紙を送ってきたらしい。

送り主の名前は書かれていなかった。

まぁ、十中八九、犯人はライオスだろう。

『お主を会場から遠ざけようという魂胆かもしれぬな。そして試験中の娘っ子を妨害する、と』

「十分あり得る話だ」

アリアが自分に勝つことはあり得ない。

彼女が疑似神具を得たことを知らないあいつはそう思っているはずだが、それでも万一のときのための保険といったところか。

『あるいは本当にお主自身に用があるかもしれぬ』

「もしくはその両方かもしれない」

そうして俺は指定された場所へと辿り着く。

そこは校舎の裏側に当たり、人気のない一帯だった。

『気をつけるのじゃぞ』

「分かってる」

呼び出した人物の姿は見当たらない。

俺は警戒しながら待った。

しばらくして向こうから一人の男がこちらに歩いてくる。

……あの男、どこかで見たような？

記憶を探ってみるものの、何の変哲もない、どこにでもいるような容貌なのでなかなか思い出せない。

『……あやつ、もしかして市場でお主とぶつかった奴じゃないかの？』

「っ、そうだ」

ウェヌスの言葉でハッとする。

思い出した。

確かに、あの男性だ。

と、そのときだった。

突然まるで酩酊したときのように頭がくらりとした。

かと思うと、全身に嫌な痺れが走る。

「これ、は……？」

『ん？　どうしたのじゃ？　おい、大丈夫か？　何があったっ？　ルーカスよ⁉』

視界が揺れる。ウェヌスの叫び声がやけに遠くから聞こえてくる。

思わずその場に膝をついたとき、その男がすぐ目の前までやってきた。

マズイ……こいつの仕業か？

けど、一体どうやって……？

見上げると、不自然なほど爽やかな笑顔がそこにあった。

「ご安心を。命までは取りません。しばらく眠っていただくだけです」

直後、俺は意識を手放した。

◇◇◇

神童と持て囃されるほど、ライオスは幼い頃から剣において非凡な才能を示してきた。

父や家臣たちから褒められるたび、それが嬉しくて剣術に没頭した。

十歳の頃には領内で開催された剣術大会の少年の部で、年上の剣士たちすらも寄せつけずに優勝。

自分は特別な才能を持って生まれたのだと、いつしかライオスは信じて疑わないようになっていた。

屈辱を味わったのは、十三歳のときに王都で行われた剣術大会だった。

家族や領民たちの期待を一身に受けながらも、自分より年下だという少女に敗北を喫したのである。

相手はレガリア家と犬猿の仲にあったリンスレット家の娘。

王家の剣術指南役を歴任している名門だが、レガリア家もかつては幾多の武勲を立て、武門として名を馳せた時代がある。

そんな因縁の一族に、まだ子供同士とは言え負けたのだから、周囲の落胆と失望は大きかった。

無論、ライオス自身も。

「ああ、アリア。それ以来、僕は君のことをひと時も忘れたことはないよ……」

リンスレット家の当主が処刑され、家の取り潰しが決定したとき、父や家臣たちは大いに湧いた。

だがライオスだけはそれを喜ぶことができなかった。

そんな方法ではあのときの屈辱は晴れない。

アリアがどこか自分の知らないところで野たれ死んでくれては困る。

なぜならこの手で直接、蹂躙してやらなければ気が済まないからだ。

だからこそ今回、彼女が入学試験のために学院に姿を見せたときは、女神に心から感謝したものだった。

ここまで色々な邪魔が入ってしまったが、今度こそ彼女を自分の思い通りにしてみせる。

「ふふ、ふふふふっ……アリア、必ず君を僕のモノにしてみせるよ……。そして毎日たぁっぷりと可愛がってあげるからね……」

あの気高い少女がその美しい顔を歪(ゆが)めて自分に屈服する姿を思い浮かべながら、ライオスは嗜虐(しぎゃく)的に嗤(わら)うのだった。

EPISODE 05

第五章

魔剣

1

「それにしても、つくづくあの少女も気の毒ですねぇ。家を潰(つぶ)されたばかりか、今度はライオス様に目をつけられてしまうなんて」

ライオスの従者、シュデルは口元に薄い笑(え)みを浮かべながら独り言を口にする。

「レガリア家の方々は、揃(そろ)いも揃って欲深くて嫉妬(しっと)深くて身勝手ですからねぇ。おっと、いけませんね。つい、仕える身でありながら悪口を」

ワザとらしく手で口を塞(ふさ)いでみせるシュデル。

彼は現在、ライオスの従者をしていた。

本来ならお目つけ役とでも言うべきなのだろうが、レガリア家の現当主は、息子であるライオスに対して砂糖よりも甘い。

そのためシュデルにとって、ライオスの命令は当主の命令とほぼ同等だった。

ゆえに従う以外の選択肢はないのだ。

もっとも、シュデルとしてはこの程度の悪行など物足りないのだが。

「やっぱり殺し以外はつまらないですねぇ」

呟(つぶや)きながら視線を向けた先にいたのは、毒を吸って意識を失っている男だった。

数時間は確実に起きないだろう。

眠っている男をナイフで生きたまま解体したい衝動に駆られながらも、シュデルは殊勝に主人の言いつけを守ろうとする。

そのためにはあまり相手を見ない方がいい。

そう判断し、シュデルは背を向けた。

「……なるほど、やっぱりあいつの従者か。しかし随分と手荒い真似(まね)をしてきやがるんだな」

気絶しているはずの男から声が聞こえてきたのは、そのときだった。

◇◇◇

「……なるほど、やっぱりあいつの従者か。しかし随分と手荒い真似をしてきやがるんだな」

「っ！　なぜもう目を……っ⁉」

男が瞠目(どうもく)してこちらを振り返る。

完全に無効化したと安心し切っていたのか、幸いにも俺(おれ)は縄などで拘束されたりはしていなかった。

しかも手を伸ばせば届くような距離にウェヌスが置かれていたため、彼が背を向けたタイミング

「やっぱり毒か。どうやって攻撃を仕掛けてきたのか不思議だったが、あのとき俺は風下に立っていた。気体の毒を使えばああしたことも可能だろうな」

そして毒を吸わされ、俺は眠ってしまった。

だが俺は今、神剣によって毒への耐性も強化されている。

お陰でこいつが予想していたより遥かに早く目を覚ましたのである。

しかしどれくらいの時間、寝てたんだろうか？

その間に殺されなくて良かったな。

『そろそろアリアの試合の時間じゃぞ』

マジか。

急いで行かないと。

「こんなに早く目を覚ますとは完全に想定外ですが……ならばもう一度、次はもっと強い毒で深く眠っていただくだけです」

そのためにもこいつをどうにかしないとな。

で引き寄せ、すでに構えている。

「毒が効いていないのですか……？」

十一人目の試験が終了した。

あと一つで自分の番が回ってくる。

そう思うと、アリアはいやが上にも緊張が高まってくるのを感じていた。

先ほどから喉が渇いて何度も水を飲んでいる。

傍に彼の姿はなかった。

トイレに行くと言って出て行って以降、戻ってきていないのだ。

観客席の方を見渡してみるが、そこにもいない。

「あいつを捜しているのかい？」

そんなアリアに、ライオスが話しかけてきた。

「……別に」

「安心してくれ。あの男は無事さ。今のところはねぇ」

ライオスはにやりと笑いながら意味深な表現を使った。

アリアは呆れたように息を吐きながら続きを促す。

「それで？　とっとと用件を言えば？」

「ふふ、話が早くて助かるよ。あの男に無事に戻ってきてほしければ、僕の奴隷になれ。これをつけてね」

ライオスが見せてきたのは、〝隷属の首輪〟。

これを装着して主人と契約を交せば、その命令に逆らうことができなくなるという魔導具だ。

本当にどこまでもふざけた男だと、アリアは内心で吐き捨てる。

きっぱりと言ってやった。

「お断りするわ」

その返答が意外なものだったのか、ライオスは少々驚いたように次の言葉を失ってから、

「……へぇ、いいのかい？　薄情だね、君も。ここに来るまで、随分と助けてもらったんじゃないのかい？」

「ええ。そうよ。ここまで残れたのは間違いなく彼のお陰よ」

「なのに利用するだけ利用して切り捨てる……君もなかなか悪女だね」

よくも他人にそんなことが言えるなと思いつつ、アリアは相手への軽蔑を込めて鼻を鳴らした。

「何を勘違いしているのかしら？　わたしはただ彼のことを信じているだけよ。だからわたしは目の前の戦いに集中する。そして必ず勝つわ」

実を言えば、アリアはライオスから言われるまでもなく、ルーカスの状況を把握していた。

もちろんの〈念話〉のお陰である。

『予想通り、あなたの命を対価にふざけた要求をしてきたから突っ撥ねてやったわ』

『向こうはまさかこんなふうに俺たちがやり取りしてるとは思わないだろうし、撥ねつけられて驚いてるだろうな』

『……いえ、随分と腹立たしい笑みを浮かべているわね』

「くくっ、愚かだねぇ。あの男を拉致しているのはその道のプロだ。君が僕の要求に乗らなければ

ば、万に一つも彼が生きたままで戻ってくることはないんだよ?」

——その道のプロ、ね……。

レガリア家に優秀な暗殺者がいるのではないかという話は、ある界隈では有名だった。

あくまでも噂だけで証拠は何もない。

だが、来歴不明なとある使用人が屋敷に仕え始めて以来、レガリア家にとってあまりにも都合の良い死亡事件が多発しているのだ。

『でも本当に大丈夫? その男、ライオスよりもずっと危険かもしれないわ』

『そうかもしれないな。けど、こっちはこっちで何とかする。だからアリアは試合に集中してくれ』

『……分かったわ。あなたを信じる』

本当は不安だったが、今の自分ができることと言えばこの試合に勝つことだけだ。

ちょうどそのとき前の試合の決着がついた。

『わたし、絶対に勝つわ』

『ああ。そっちで見守ってあげられず悪いな』

『平気よ。それに〈念話〉のお陰かもしれないけど、離れていてもあなたが傍にいてくれてる感じがするわ』

そしてアリアは舞台に上がった。

ライオスと向かい合う。

「……僕の命令に従わなかったこと、後で泣くほど後悔させてあげるよ」

「あら、四年前の剣術大会で、あたしに負けて泣いていたのはどこの誰だったかしらね？」

「っ………アリアぁっ！」

試合が開始するなり、ライオスは挑発に乗って怒りを露わに向かってきた。

彼の剣は、高純度の聖銀製だ。

もしこちらが青銅製の剣だったら、いや、たとえ鋼鉄製の剣だったとしても、まともに受ければ一撃で粉砕させせられただろう。

だが今のアリアの手にあるのは、神剣が生んだ武具。

「ははっ、馬鹿だねぇっ！　君の剣じゃあ僕の剣は受け止められない！　破壊されるのがオチさ——なっ⁉」

馬鹿正直な斬撃を正面から受け止めてやると、ライオスは驚いて間抜けな顔を晒した。

アリアは内心で勝ち誇る。

——壊れるわけがないわ。だってこれは、彼とわたしの愛の結晶だもの。

『くくっ、随分とこっ恥ずかしい台詞じゃのう！』

『ちょっ、心の中の声を勝手に盗み聞きしないでよっ。じ、自分でもちょっと恥ずかしいとは思ったけど……』

ウェヌスの唐突なツッコミに顔を赤くしつつも、アリアは相手の剣を弾き返す。

すかさずこちらから攻め立てた。

幼い頃からの訓練でもはや身体の芯にまで染み込んだリンスレット流の技を、息をつく間もなく次々と繰り出していく。

「なんて激しい攻撃だ……っ！」

「だというのに、まるで水が流れるかのような流麗な動き……」

アリアの巧みな剣捌きに、試合を見ていた受験生や在校生から驚きの声が上がっていた。

だが相手もさるもの。

ライオスはアリアの剣を捌き切っていた。

それでも防戦一方で、反撃に出ることはできないでいる。

「なっ……なぜだ……っ！　僕は身体強化系の防具や装身具を幾つも付けているんだぞっ⁉　なのになぜ、力でも速度でも押されているんだ……っ⁉」

実を言えばライオスは、この試合のために計七つもの特殊効果を持つ装備を身に着けていた。

そのうち六つが身体強化系のもの。

首輪が敏捷上昇、右腕の腕輪が器用上昇、左腕の腕輪が筋力強化、軽鎧にも筋力強化、マントに回避上昇、そして最後にブーツの敏捷上昇だ。

なお、重複しているものは、ちゃんと二重で効果を発揮する。

剣だけでも十分だという自信があったが、小心者のライオスは、完璧な装備を備えてこの場に臨んでいたのである。

「確かに数日前のわたしだったら敵わなかったわ。でも、今は違う」

アリアの疑似神具も、本体のウェヌスと同様、身体能力〝全般〟を強化する特殊効果を有しているのだ。

そしてさすがは疑似神具。

ライオスの二重強化と同レベルか、それ以上の効果があるらしい。

筋力勝負でも決して負けていなかった。

気づけばライオスを舞台の端まで追いつめている。

だがそのときだ。

アリアは剣に違和感を覚え、咄嗟に跳び退った。

「……凍ってる……？」

刀身に氷が纏わりついていたのだ。

これでは斬れ味が大きく鈍ってしまう。

「……まさか、僕にこれを使わせるとはね」

「なるほど、属性剣ね」

「そう。この剣には〈氷属性攻撃〉という特殊効果がついていて、触れたものを凍らすことができるんだ」

ライオスの剣からは冷気が立ち昇っている。

それこそが彼の七つ目の装備だった。

「さあ、今度は僕が攻める番だ」

「っ……」

ライオスが繰り出す斬撃に合わせ、凍てつくような寒気がアリアを襲う。

刀身が氷結し、手足の動きが寒さで鈍っていく。

「あははははっ！　残念だったねぇ、アリア！　早く負けを認めなよ！」

「冗談。負けるのはそっちよ」

「なっ⁉」

剣と剣がぶつかった瞬間、冷気を打ち消すように炎が立ち上がった。

「あああっ⁉　熱いっ⁉」

火の粉を浴び、ライオスの髪が燃える。

慌てて消火するが、前髪はチリチリになってしまった。好青年が台無しだった。

「今のは〈火属性攻撃〉……っ⁉　な、なぜっ……なぜ君がそんな高価な剣を持っているんだ……っ⁉」

ライオスが目を剝いて叫んだ。

属性攻撃系の特殊効果がついた武具は非常に高価なので、貴族ですらそう簡単には手に入らないほどなのだ。

没落し、平民に身をやつしたアリアが入手できるようなものではない。

『〈火属性攻撃〉？　くくく、そんなチンケなものと一緒にするでない』

ウェヌスが勝ち誇ったように嗤(わら)う。もちろんアリア以外には聞こえていないが。

アリアが力を込めると、刀身からゴウッと凄(すさ)まじい炎が噴き出した。

さらにアリアの意志に応じて、炎が自由自在に動く。

鳥の形になったり、馬になったり、炎のアートを虚空(こくう)に描き出すこともできた。

「な、なんて強い炎なんだ……っ!?　しかも、そこまで自在に操(あやつ)るなんて……」

〈火属性攻撃〉は、せいぜい攻撃の瞬間に刀身から火炎を燃え上がらせ、軽度の火傷(やけど)を負わせるくらいのことしかできない。

だが、

『疑似神具(レプリカ・ウェヌス)は、その持ち主の性質に応じた【固有能力】を持つ。当然その性能は、そこらの武具とは比較にもならぬわい』

紅姫(べにひめ)のそれは、〈炎熱支配〉。

〈火属性攻撃〉と比べれば、上位互換という言葉でも役不足だろう。

〈火属性攻撃〉と同等である〈氷属性攻撃〉など、せいぜい焼け石に水でしかない。

元より剣の腕はアリアが上。

武器でも上回った以上、もはや負ける要素などなかった。

アリアはライオスを圧倒した。

「こんなっ……こんなはずはない！　僕は君よりも強い！　強くなったはずなんだ……っ！」

未だ現実が信じられないのか、ライオスはこの状況に至ってまだそんなことを喚いている。

アリアは冷めた目で断じた。

「強力な従者に、強力な武具。そんなものに胡坐を掻いて、あなたは強くなったつもりになっていただけ。はっきり言って、剣の腕は四年前と大差ないわ」

「……ッ！　うるさい！　うるさいっ……うるさぁぁぁいっ！　お前はっ、お前はただ大人しく、この僕のモノになっていればいいんだよおおおっ！！！」

我を忘れて怒鳴るライオス。

もはや剣術でも何でもない、ただただ力任せで破れかぶれの一撃を繰り出してくる。

「四年前、君に敗北を喫したときから僕はずっとずっと待ち詫び続けてきたんだ！　その生意気で美しい顔がぐちゃぐちゃに歪んで、僕に必死に許しを請うてくる瞬間をねぇっ！」

「……」

悍ましい欲望の叫びを聞き流しながら、アリアは相手の攻撃を回避していく。

「夢も希望も何もかもを奪って、その上で今度は君の身体を蹂躙してやるんだ！　あはははははっ！　無理やり僕にハジメテを奪われた君は、どんな素敵な声で哭いてくれるのかなぁっ⁉」

「……一つだけ、訂正しておくわ」

アリアは嘆息混じりに呟くと、馬鹿みたいに笑う相手に、その事実を突きつけた。

「――生憎とわたし、もう彼に大人の女にしてもらったから」

「な、ん……だと……っ？」

それがよほどの衝撃だったのか、ライオスの身体が数瞬、硬直する。

その致命的な隙を見逃さず、アリアはたっぷり炎を刀身へと纏わせた紅姫を、相手の胴へと叩き込んだ。

「がぁっ！！！？？？」

一級品のはずの鎧が粉砕し、ライオスは泡を吐きながら場外へと吹っ飛んでいく。

リングの外に叩きつけられると同時、その身体が燃え上がった。

「ぎゃあああああああああっ!?」

悲鳴を上げてのた打ち回るライオス。

大人たちが慌ただしく消火作業を試みるのを後目に、アリアは颯爽とリングから降りたのだった。

3

……ここはどこかの廃屋らしいな。

かつては武具工房だったのか、古びた炉や金床なんかがそのまま放置されている。

閉め切った室内だ。

この場所でまた毒を使われたら厄介だな……いや、それはさすがにないか。当人まで吸い込んでしまうことになるだろうし。

ただし警戒しておくに越したことはない。

俺はライオスの従者らしき男と対峙していた。

年齢は三十代中盤……いや、若く見えるが、頭に少し白いものが混じっているし、もっと上かもしれない。

当初こそ俺が目を覚ましたことに驚いていたが、今は冷静さを取り戻している様子だ。

場馴れしているのか、随分と落ち着いている。

それでいて、その目は抜け目なく俺の動きを警戒していた。

「従者がこんなマネをしてるなんてこと、バレたらさすがに大問題なんじゃないか?」

「ええ。その通りです。ですので、わたくしも少々判断に困っております。坊ちゃんからは、一応あなたを生かしておくようにと命じられておりますので」

どうせこの俺を人質にし、アリアを脅そうとかそういう魂胆だろう。

とことんゲスな男だ。

「ですが、あなたを生かしてしまってはこのことが明るみになる……。もちろん、揉み消すのも不可能ではありませんが」

だがそんなリスクを犯すよりも、ここで殺して確実に口封じしておいた方が、都合がいいということだろう。

「まぁ、坊ちゃんがあなたを殺さずに生かしておこうとしているのは、後からじっくりと先の屈辱を晴らそうという、それだけの理由なのですが」

「ほんと、くそったれ野郎だ」

「ははは、欲望に忠実でなかなか人間的な方ではありませんか」

「お前も負けず劣らず、くそったれみたいだけどな」

こいつは恐らく、人を殺すことなんて朝起きて顔を洗う程度のことにしか考えていない。

「さて。こうなった以上、わたくしの判断で処理してしまっても構わないでしょう」

そんなことを嬉々として呟きながら、男は懐から一本の短剣を取り出した。

随分と禍々しい装飾の施されたナイフだった。

刀身は紫色をしていて、心なしか澱んだ靄のようなものが湧き上がっているように見える。

『気をつけよ。あの剣、なんか嫌な感じがするぞ』

『……分かってる』

俺はウェヌスを構えた。

「なかなか素晴らしい剣ですね。ええ、分かりますとも。見た目はごく普通ですが、輝きが違う。間違いなく名剣……しかし、見たところ聖銀製でもなさそうですね」

『ほう、こやつなかなか見る目があるではないか』

『なに敵に褒められて喜んでんだよ』

『お主がもっと褒めてくれぬからじゃ！』

そんなに褒めてほしいのか。

「ですが、わたくしのこの短剣もそれなりのものでして――」

「っ！」

言葉の途中、ほとんど予備動作なく躍りかかってきた。

しかも直前まで、まるで殺気を感じられなかった。

こいつ、間違いなく殺し馴れている。

短剣による刺突をウェヌスで受け止め、廃屋に澄んだ金属音が響き渡る。

「さすが、坊ちゃんを倒しただけのことはありますねぇ」

膂力が強化されている俺を相手に、ギリギリと物凄い力でナイフを押し込んでくる。

『っ！　この剣は!?　ルーカスよ、これはやはりただの剣ではない！　魔剣じゃ！』

短剣に直に触れて察したのか、ウェヌスが叫ぶ。

『毒じゃ！　この剣は様々な毒を濃縮させてできておる！　普通の剣であれば、触れただけで金属が溶かされてしまうぞ！　無論、人体に触れてもダメじゃ！』

毒だって？

『恐らくお主を眠らせたのも、この剣による毒じゃろう』

「つまり毒性の気体を出すことも可能ってことか……」

男は短剣を閃かせ、素早い動きで次々と斬りつけてくる。

少しでも肌を掠めれば、体内に毒を流し込んで仕留めることができる。そのため最小限の動きで、通常なら致命傷になり得ないような場所を狙ってきた。

「……へえ、鋭いですねぇ。あなたの想像通り、これはただの短剣ではありません。魔剣〝毒牙〟。ありとあらゆる種類の毒を作り出すことができる、暗殺者垂涎の武器です」

『〝毒牙〟か。これで先日のオーガのからくりも解けたのう』

『どういうことだ？』

『オーガを興奮させ、攻撃的にさせるような毒液がかけられておったのじゃ。それであれだけの数に群がられてしまったのじゃろう』

『じゃあ、市場でぶつかったときに……』

『恐らくお主の革袋にかけたのじゃろう』

『だから破かれた革袋を捨てた後は襲われなくなったのか……』

いずれにしても厄介な武器だ。

しかもこの男、それに決して胡坐を掻くことなく、剣の腕の方もかなりのものである。

「ふふ、どうやらあなたのことを侮っていたようです。まさか、わたくしの攻撃をここまで凌ぐとは。坊ちゃんが敗北するわけです。……ですが、そろそろ終わりに致しましょう。実はこの剣、こんな使い方も可能なのですよ」

男はいったん距離を取ると、何を思ったか短剣の刃を自らの掌に突きつけ、薄く皮膚を切り裂いた。

「毒と薬は表裏一体と言うでしょう？　この〝毒牙〟は、一時的に身体能力を向上させることができる毒を生み出すこともできるのですよ」

次の瞬間、俺は男の全身が一回り大きくなったかのように錯覚した。

いや……錯覚じゃない。

男の首回りが、先ほどまでより確実に太くなっている。

腕や足、あるいは胸回りも同様で、着ていた服がはち切れそうになっていた。

筋肉が膨れ上がっているのだ。

「パワーだけではありませんよ？」

直後、男が躍りかかってきた。

……先ほどよりも速い！

稲光のごとく振るわれる短剣の速度も今までの比ではなかった。

斬撃の度に風を切り裂く音が響く。

「ははははっ！　いつまで耐えられますかねぇぇぇ――――え？」

毒のせいでテンションが上がったのか、楽しげに笑い出したところだったのだが、突然、間が抜けたような声を漏らした。

男の右手首が、手に持った短剣と一緒に宙を舞っていた。

ボトリ、と思いのほか呆気ない音がして地面に落ちる。

「な、な、な……？」

起こった出来事が信じられないのか、男は呆然としている。

もちろん、こいつの右手首を斬ったのは俺だ。

「確かに厄介な武器だな。だが、生憎と俺の剣の方が遥かに高性能だ」

ほら、褒めてやったぞ、喜べ。

『むう。なんか釈然とせぬな……』

4

ウェヌスが褒めてほしいと言ったので褒めてやったが、俺が男の手首をすんなりと斬り飛ばすことができたのは、アリアから教えられたリンスレット流の剣技のお陰でもある。

単純に身体能力が上がっただけ、あるいは剣の斬れ味が上がっただけでは、この男の剣に対処するのは難しかっただろう。

「あ、あり得ない……っ！　まさか、このわたくしが……っ⁉」

男は呆然とした顔で後ずさった。

右腕の先からは大量の血が滴り落ちている。

このまま放っておくと確実に死ぬだろう。

しかし、逃げるかと思いきや、驚くべきことに男は残った左手で短剣を拾うと、手首から先が失われた腕にそれを突き刺した。

「はぁ、はぁ、はぁ……」

そしてすぐに左手一本で短剣を構え直すと再び斬りかかってきた。

こいつ、まだ戦うつもりか。

恐らく毒で麻酔をかけたのだろう。とても重傷を負っているとは思えない激しさで攻めてくるが、それでもすぐに俺が優勢になった。

だがそのとき突然、息苦しくなる。

喉が焼けるように痛い。

「は、ははは
っ！　気がつきましたか！　今この場所には猛毒のガスが発生しています。わたくしは先ほど、この毒を無効化するための毒を体内に注入したのですよ！」

こいつ、麻酔で痛みを抑えるよりも、まず確実に相手を殺すことを優先しやがったのか……。

まずい、意識が……なんてことにはならなかった。

『こうなることもあろうかと、毒に対する耐性を強めておいたのじゃ！』

ウェヌスの持つ様々な特殊効果は、任意に一時的にあるものを強化しておく、といったことが可能らしい。

その分、他の特殊効果の効力が下がるのだが、状況に合わせて臨機応変に変更できるのは非常に便利だ。

俺はすぐに毒から回復すると、何事もなかったかのように距離を詰めた。

「なにっ⁉」

男は驚愕するも慌てて反応。

俺の剣を〝毒牙〟で受け止めようとする。

だがそれは下策だ。

なぜならこの斬撃の目的は――武器破壊。

危険な魔剣をこの場で叩き壊すための一撃だ。

『ふん、こんな低級の魔剣程度、簡単に破壊することができるわぃッ！』

ウェヌスとぶつかった直後、〝毒牙〟の短い刀身が粉砕したのだった。

「ルーカス！」

最終試験の会場に戻ると、俺に気づいたアリアが嬉しそうに駆け寄ってきた。

「悪い、あいつに逃げられてしまった」

俺を拉致しようとしたあの男は、魔剣を破壊された後、煙幕弾のようなものを投げて逃げ出した。

地面に点々と落ちていた血を辿って追いかけたが、途中で水路にぶつかって途切れてしまったこともあり、追跡を断念したのだった。

あの怪我だと生きているかも分からないが……過去に幾つもの修羅場を潜ってそうだし、しぶとく生き延びている気もする。

アリアによれば、あの男はレガリア家お抱えの暗殺者だという。

その正体は、他国では高額の懸賞金がかけられた殺し屋――〝毒蛇〟。

もし捕えておけば、レガリア家の悪事を幾つか明らかにできたかもしれない。

たとえあの男が直接的にはリンスレット家を没落させた事件と関わってはいないにしても、悪事というのは芋づる式に暴かれていくものだ。

「いいのよ、今はあなたが無事に戻ってきてくれただけで十分」

「……そうか」

「それに、あなたのお陰で希望が見えたわ」

アリアの赤い瞳には力強い決意の光があった。

「わたしはきっとお父様の無実を証明し、リンスレット家の名誉を取り戻してみせる」

「ああ。アリアならできるはずだ。……もちろん俺も協力する」

「……あ、ありがとう、ルーカス。あなたと一緒なら何だってできそうな気がするわ」

「それはさすがに買いかぶり過ぎだぞ」

思わず苦笑を返した、そのときだった。

「あ、アリア……っ！」

一人の青年が俺たちの前に現れる。

ライオスだ。

試合での負傷がまだ治っていないらしく、身体のあちこちに痛々しい火傷の痕が残っている。

アリアに敗北したショックのせいか、今にも泣きそうな顔をしていた。

「う、う、嘘、だよね……？　き、君が試合中に言ったことは、出鱈目だよね……？　ぼ、僕を驚かせ、隙を作るためにに言ったんだよね……？」

随分と思い詰めた様子で、ライオスはそんなことを訊いてくる。

嘘って、何のことだ……？

「そんな男に君が身体を許すなんて……あ、あり得るわけがないじゃないか……っ！」

ちょっ、何を教えてるんですかね、アリアさん……？

しかしアリアはまったく動じることなく、冷ややかな目でライオスを見ながら、ただ一言、応じた。

「嘘じゃないわ」

「ち、違う！　何でまだ嘘をつくんだい!?　もう君は僕に勝った！　そんなことをする必要なんてないというのに！」

「……そもそも、あなたになぜ本当のことを教える必要があるのかしら？」

「ぼ、僕はっ……」

ライオスが喘ぐように言う。

「僕は、気づいたんだ……っ！　ほ、本当はっ……本当は君のことが好きだったということに……っ！　確かに、僕は君を恨んでもいた！　あのときの屈辱を晴らしたいとずっと思っていた……っ！　だけどいつしか、僕の中にはそれ以外の感情も芽生えていたんだ……っ！　そのことに、ようやく気が付くことができたんだよ！」

だんだんとその言葉に熱が籠り、加速していく。

「僕なら君を幸せにしてあげることができる！　なぜなら僕は確実に英雄になる男だから！　そしてレガリア家の力があれば、君の家を再興させてあげることだってできるはずさ！　そうだ！　アリア！　君には僕しかいない！　僕こそが、君に最も相応しい男なんだ！」

自分の言葉に自分で勇気づけられたのか、ライオスの瞳には力が戻ってきていた。

……恐らくだが、こいつはリンスレット家を転落させた原因が自分の家にあることまでは知らされていないのだろうな。

「さあ、おいでよ、アリア！　僕のところへ！」

「嫌よ」

アリアはきっぱりと拒絶の意を示した。

「英雄？　あなたが？　笑わせないでほしいわね。わたしより弱いくせに」

「あ、アリア……」

「それに残念だけれど――」

ちゅっと、俺の唇に瑞々しい唇が触れ、離れていく。

「――言った通り、わたしはもう彼の女なの。嘘でも何でもないわ。わたしたちは愛し合っているのよ。ね、ルーカス？」

「……お、おう」

すでに肉体関係を持ってしまってはいるが……そう言えば、素面のときにキスをされるのは初めてだな……。

あっ、ライオスの瞳から光が消えた……。

だ、大丈夫か……？　ショック死したりしないだろうな？

「行きましょう」

真っ白になってその場に崩れ落ちたライオスを放置し、俺たちはその場を立ち去ろうとする。

「あと、そんな男なんて言わないで。あなたなんかの数千倍、いえ、数万倍は素敵な人なんだから」

アリアの追い打ちがライオスの耳に届いたかどうかは分からない。

5

最終試験の合格者が発表され、その中には俺とアリアの名前があった。

幾らライオスが裏で試験官を動かそうとも、圧勝してしまったのだ。不合格扱いするのはやはり難しかったらしい。

その後、「せっかくだし今夜は合格祝いをしましょう」というアリアの提案もあって、俺たちは二人で飲食店に入った。

「わたしも飲むわ」

「アリアも？　まだ早いんじゃないか？」

この国では、大人と認められた頃から飲酒が許されるようになる。

大よそ十六、七歳くらいから飲酒するようになる人が多い印象だ。

なので、アリアが飲んでいてもおかしくないと言えばおかしくないのだが……。俺だって、もうアリアくらいの年齢のときはすでに常飲していたし。

ただあまり推奨はできない。

お酒は怖いものだし、ちゃんと大人として成熟してから付き合うべきなのだ。

『それをお主が言うか？』

うぐっ……。

「わたしももう立派な大人よ。他ならぬあなたのお陰でね？」

うぐぐっ……。

もはや何も言い返せなかった。

「それにあなたが美味しそうに飲んでるところを見てると、わたしも飲んでみたくなったのよ」

そして初めてエールに口をつけたアリアは、

「……苦いわ」

だろうな。

俺も最初はまったく美味いとは思えず、何で大人はこんな苦いものを好き好んで飲んでるんだと思っていたし。

だがアリアは先ほど自ら大人と宣言した手前、顔を顰めながらも我慢してぐびぐびと飲んでいった。

「おい、あまり一気に飲まない方がいいぞ。最初はまだ酒に強いかどうかすら分からないんだしな」

「らいじょうぶよ」

気がつけば彼女のジョッキはもう空になっていて、それを、がん！　と豪快にテーブルに叩きつけた。

……らいじょうぶ？

「店員しゃん、おかわり！」

「ちょ、ちょっと待て。本当に大丈夫なんだな？」

「心配いらにゃいわ！　どうひゃらわたし、お酒には強いみらひ！」

いやいやいや、もう呂律がおかしくなってるじゃないか。

アリアの顔はすでに赤くなっていた。

俺が止めようとするも、彼女は聞かずに次の一杯をぐいっと呷る。

「あははははっ！　どうりょ!?　お酒くりゃい、飲めりゅんだから！」

もう完全に酔っ払っていた。

しかも笑い上戸なのか、ケタケタケタケタと、普段のきりっとした雰囲気が嘘のように声を上げている。

「ほらー、ダーリンももっと飲んでぇ～」

……ダーリンて。

一頻り笑うと、今度は俺の方に身を寄せて、ベタベタとくっついてきた。

それから甘えるような声で、

「ダーリィン……今夜は寝かせないぞぉ？」

キャラが！　キャラが変わってる！

「ちょっ、アリア、ここ店内だからな？　店員がこっち見て苦笑いしてるから」

「もぉ、ダーリンってば、恥じゅかしがり屋さんなんらからぁ？」

アリアは細い指先で俺の鼻頭をつんと突いてきた。

他のお客さんもめっちゃこっちを見ている。

「いいなぁ、あいつ。あんな歳の離れた美少女とイチャイチャできてよ……」

「くそっ、羨ましい」

中には「いいぞ、もうそこでやっちまえ！」って叫んでる酔っ払いもいる。

こんなところでやるか。

「しゅごーい！　おしゃけ、おいしー」「ダーリンだいしゅき？」「あはははははっ！」などと、笑ったり甘えたりと散々騒がしいアリアに常にハラハラさせられ、さすがの俺も、このときばかりは酔うことができなかった。

やがて急に大人しくなったかと思うと、彼女はテーブルに突っ伏してしまう。

「ZZZZZ……」

眠っていた。

『まさかここまで酒乱じゃったとはのう。人は見かけによらぬものじゃ』

さすがのウェヌスも呆れ口調だ。

「……ルーカス……むにゃむにゃ……」

何やら寝言を呟いているアリアの頭を撫(な)でてやりながら、俺は苦笑する。

まぁ今までずっと張り詰めていたし、その反動もあったのかもしれない。

俺は勘定を済ませると、完全に泥酔してしまったアリアを背負って夜道を歩いた。

目を覚ました俺は、すぐに腕の中の柔らかい感触に気づいた。

それは人肌の肌触り。

すぅすぅという規則正しい寝息が聞こえ、生暖かい微風が俺の胸を撫でている。

そうか……俺は昨晩、またアリアと寝たのか。

寝起きのぼんやりとした頭でそんなことを考える。

昨日、俺たちは揃って無事に最終試験の合格を果たした。

その後、祝勝会と称して酒場で飲んだのだ。

初めて飲むお酒でアリアが酔っ払い、俺は彼女を宿まで連れていった。

そして、ベッドに寝かせると、俺は自分の宿に戻り――

ん？

おかしいな？

俺は昨晩、アリアを宿に届け、それから一人で自分の宿に戻ってきたはずだ。

それほど酒を飲まなかったので意識ははっきりしていたし、間違いない。

じゃあ、この腕の中にある温もりは……？

恐る恐る視線を下げた俺は愕然とした。

幼女だ。

年齢は五歳か、六歳か。

俺の胸の中に顔を埋めているが、足先は俺の膝くらいまでしかない。

髪は幻想的なまでに美しい銀色で、上から見下ろす限り幼女とは思えない綺麗な顔立ちをしている。

しかも全裸。

全裸である。

ど、ど、ど、どういうことだってばよ⁉

さすがの俺も一瞬で眠気が覚め、動揺の極致に達する。

俺は昨晩、幼女と寝たのか？

いやいやいや、そんなわけがない。

そもそも誰だよ、この子。

もしかして街で拾ってきた？

そんな記憶ないぞ……？

「るーかすよ……われをもっと、ていちょうに……あつかうのじゃぁ……むにゃ……」

何やら寝言めいたことを口にしているが、よく聞き取れない。

そ、そうだ。

あいつなら何か知っているかもしれない。

「おい、ウェヌス。昨晩、何が起こったのか教えてくれ。……ウェヌス？」

部屋の床にいつもウェヌスを収めている鞘（さや）だけが転がっていた。

中身はない。

『ルーカス、起きてる？』

そのとき突然アリアの声が聞こえてきて、戦慄（せんりつ）が全身を駆け抜けた。

6

聞こえてきたアリアの声は、どうやら〈念話〉越しだったようだ。

慌てて返事を返す。

『お、おう。起きてるぞ』

『わたし、昨日の記憶がないんだけど……たぶん、宿まで送ってくれたのよね？』

『……ああ、そうだ』

『ありがと』

『そ、それより二日酔いは大丈夫か……？』

『ええ。今はすっきりしてる。……ねぇ、どうしたの？　何だかすごく慌ててるような気がするんだけど？』

『……き、気のせいだ』

『そう？　……あ、もうすぐ着くわよ』

『え？』

直後、とんとん、というノックの音が響いた。

俺の部屋のドアからだった。

『もしかして……』

『うん。今あなたの部屋の前まで来てるわ』

やばい。

超やばい。

もし幼女と一緒に寝ているところがバレたら……。

いや、寝てたわけじゃないんだが。

ほんと、誰なんだよ、こいつ？

『あ、鍵（かぎ）が開いてる。入るわね』

おい誰だよ鍵を閉め忘れた奴（やつ）は⁉

って、俺しかいねぇ！

俺の馬鹿野郎っ！

「おはよう、ルーカ……」

部屋に入ってきたアリアは、最初はベッドの上で汗を流しながら硬直している俺に柔らかな笑みを向けてきたが、

「………ス」

全裸幼女に気づいた瞬間、顔から一切の表情から消えた。

「ち、違うんだ。これは誤解だ。とりあえず落ち着こうか、アリア」

「ダイジョウブ。怒ラナイワ。怒ラナイカラ、アナタノ弁明を聞キマショウカ？」

「そう言いながら何で紅姫を手に持ってるんですかね……？」

しかも無表情だし感情のない声だしで、めちゃくちゃ怖い。

「何ヲ言ッテルノカシラ？ コノ剣ハ犯罪者ヲ成敗スル為ノモノデ、アナタヲ斬ロウナンテ、コレッポッチモ思ッテナイカラ」

「どう考えても斬る気まんまんだろ⁉」

とそのとき、俺の怒声で目を覚ましたのか、幼女が「ん……」と呻きながら身を起こした。

一瞬、思わず見惚れてしまう。

カーテン越しに差し込む朝日に照らされ、幻想的に輝く銀の髪と白磁の肌。

寝起きでまだ半分しか目が開いていないというのに、それでもハッとするほど端正な目鼻立ち。

とても幼女とは思えない美貌だ。

それでいて幼子特有の愛くるしさも備えている。

裸体であることも相まって、頭に自然と〝天使〟という言葉が浮かんできた。

アリアですら、怒りと瞬きを忘れたようにその場に立ち尽くしている。

そんな俺たちとは裏腹に、まるで天使っぽくないニカッとした笑みを浮かべて、幼女は元気よく言ったのだった。

「二人とも、おはようなのじゃ！」

どこかで聞いたことのある声だ……って、もしかして――

「――ウェヌス⁉　お前、ウェヌスなのかっ？」

「うむ？　もちろん、我はウェヌスじゃぞ」

「な、何でこんな姿に……？」

「むう？　おおっ⁉」

そこでようやく自分が幼女の姿になっていることに気づいたらしい。

「ついに人化ができるようになったのじゃ！　これで美味しい物を食うこともできるぞ！」

ウェヌス（？）は嬉しそうにベッドの上でぴょんぴょん飛び跳ねた。

全裸で。

「おいっ、まずその真っ裸をどうにかしろ！」

「お？　そうじゃな」

どこからともなくキラキラとした光が現れ、彼女の身体を包み込んだかと思うと、可愛(かわい)らしいフリルのついたドレスを纏っていた。

「人化……って、そんなことまでできるのか……神剣って凄いんだな。ていうか、なんで幼女の姿なんだ？　俺はてっきりジジイとばかり思ってたんだが……」

「我は女神ヴィーネと同じく女型として作られておるのじゃ！　本当はもっとグラマラスで大人美女なのじゃが、今はまだ力が足りぬゆえ、このような子供の姿なのじゃ」

それにしても、いきなりだからびっくりした。

幼女誘拐犯にならずに済んだし、何よりアリアに殺されずに済んで助かった。

「か、考えてみたら、俺の方はちゃんと服着てるしな……。昨日の夜と同じ服だから、帰ってきてそのままベッドに寝てしまったんだよ。……って、アリア？」

誤解が解けてホッとしていた俺だが、アリアの様子がおかしいことに気づく。

彼女はわなわなと唇を震わせ、

「か……」

「か？」

「かわいい……っ！」

アリアは目を輝かせたかと思うと、いきなり幼女化したウェヌスに抱きついた。

「ぬおっ？　何じゃ？」

「あなた本当にウェヌスなのっ？　すっごく綺麗な髪ね……っ！　わぁっ、さらさらしてるわ！　ほっぺたもすっごいプニプニしてる！」

いつになくはしゃぎながら、ウェヌスの髪や頬をべたべたと触るアリア。

どうやらこの幼女姿のウェヌスが、彼女の琴線に触れたらしい。

確かに可愛らしい容姿だとは思うが……。

「ぐふふ、やはりアリアの乳はええのう」

一方そのウェヌスは、下品な笑みを浮かべてアリアの胸を触っていた。

こいつやっぱりエロジジイだ……。

「うほっ！　美味そうな串焼きじゃ！　ルーカスよ！　あれを我のために買うのじゃ！」

幼女化したウェヌスを連れ、俺たちは市場へと来ていた。

ずらりと食べ物系の屋台が並ぶ一帯だ。

香ばしい匂いが鼻腔を擽ってくる。

せっかく食べることができるようになったのだから食べ歩きがしたいと、ウェヌスが子供のようにせがんできたからだ。

……別に食べる必要などないらしいのだが。

仕方なく串焼きを買ってやると、ウェヌスは小さな口をタレでべったり汚しながら嬉しそうに頬張った。

あっという間に食べ切ると、

「うむ、思ってたほどではなかったの」

「おいコラ」

見た目の割にどうやら舌が肥えているらしい。

しかしすでに次の食い物を探して無邪気に走り回っている。

アリアがそれを微笑ましそうに見つめながら言った。

「ふふっ、何だかわたしたちに娘ができたみたいね」

「……あんな性格じゃなけりゃ可愛いんだけどな」

第六章

プリケツ

EPISODE 06

ALLWAYS ON D RANK

1

王立セントグラ騎士学院の敷地内には寮がある。

学院に通う生徒たちの大半はこの寮で寝泊まりしており、寮を利用しないのはごく少数だ。

他国の王侯貴族も通う学校だけあって、大浴場や高級レストラン並みの食堂なども内設されているという。

金銭に余裕のない俺とアリアは当然ながら寮の使用を希望していて、合格後すぐに入寮を申請した。

そして申請が通り、今日から寮に入ることになっている。

「男子寮は右の方か」

「女子寮はこっちだわ。また後でね」

男子寮と女子寮は少し離れた位置にあるらしい。

俺はアリアと別れると、一人で男子寮へと向かう。

いや、一人ではないか……。

「我も女子寮に行きたいのじゃあ～～っ！」

「確かにお前は女子だが……俺の剣なんだから近くにいてくれないと困る」

「ほうほう、それはつまり我なしでは生きられぬ身体(からだ)じゃと？」

「その姿で言うと色々と誤解を招くからやめろ」

幼女化したウェヌスが一緒だった。

「それと剣の姿に戻ってろ。これじゃ、男子寮に幼女を連れ込もうとしているみたいだしな。入学早々、そんなイメージを持たれるのは嫌だぞ。ただでさえ周囲から浮く年齢なんだし」

「仕方ないのう」

ウェヌスは不満そうにしながらも剣の姿へと戻り、鞘(さや)の中に収まった。

「えっと……俺の部屋は、と……」

広い廊下を進み、俺は割り当てられた部屋を探す。

受付にいた寮母さんから受け取ったのは２１３－Ｂという鍵(かぎ)で、部屋は二階だった。

「お、ここか」

２１３というプレートが掲示された扉を開け、中に入る。

そこは十五畳ほどの広いリビングとなっていた。

毛足の長い絨毯(じゅうたん)に革張りのソファ。

高そうな調度品の数々。

ド平民の俺には逆に落ち着かない部屋だ。

ただし、ここは共同のスペースである。

二人一組で一つのリビングとトイレ、そしてバスルーム——大浴場だってあるのに各部屋に備えつけられているのだ——を共有する構造になっているらしい。

AとB、二つの個室があり、俺はBの方なので……。

「どの扉だ？」

扉が複数あって、どれがBの部屋に通じているのか分からない。

俺はとりあえずすぐ近くにあったドアを開けてみた。

一瞬後、その行為を後悔することとなる。

「あ……」

運の悪いことに人がいたのだ。

しかも一糸纏わぬ姿の。

艶やかな黒髪から水が滴り落ち、健康的に日焼けした肌に水滴が浮かんでいる。

シャワーを浴びた直後だったのだろう、ちょうど壁にかけられたバスタオルを手に取ろうとしているところだった。

「っ⁉」

俺に気づいて、肩ごしに振り返った顔が驚きに染まる。

「わ、悪い！」

俺は慌てて謝罪し、即行で扉を閉めた。

どうやらバスルームと脱衣場のある扉だったらしい。

そしてここを利用していることから、きっとAの部屋の住人だろう。

ったく、ノックくらいしろよな、俺。

不幸中の幸いは、こちらに背中を向けていたことか。

にしても随分と可愛(かわい)らしい子だったな……。

ちらりとしか顔は見えなかったが、年齢は十代後半ぐらいか。

柔らかな印象のある美少女だ。

だがそれ以上に俺の脳裏に焼きついているのは——臀部(でんぶ)。

丸みを帯びつつも、キュッとしっかり引き締まったぷりぷりで上向きのお尻(しり)。

少し日に焼けた他(ほか)の肌と違い、そこだけは新雪のように白くて瑞々(みずみず)しい。

あんな綺麗(きれい)で形の良いお尻、初めて見たかもしれない。

『つい揉(も)みしだきたくなる良いケツじゃったの！』

こいつと同意見なのは不服だが、否定できない。

って、待てよ?

ここって男子寮だよな?

とすると、今のは………男?

そう言えばあの顔、どこかで見たことがあると思ったら、入学試験のときだ。

オーガの群れに苦戦する俺たちに、棄権しなくて大丈夫かと聞いてくれた少年である。

俺はその場に崩れ落ちた。

「俺は今、男の尻に見惚れてしまったのか……？」

しばし床に両手をついて項垂れていると、背後から声がした。

「えっと……？」

ドアが少しだけ開いていて、先ほどの美少女――いや、美少年が顔を半分だけ出していた。

シャワーを浴びていたからかもしれないが、随分と頬が赤い。

ごほん、と彼は小さく咳払いしてから、おずおずと尋ねてくる。

「今日からBの部屋を使う新入生、だよね……？」

「あ、ああ。さっきはすまなかった」

「いや、いいよいいよ！　ぼくがちゃんと鍵を閉めていなかったのも悪いんだし……いえ、悪いんですしっ」

そう言いながら脱衣所から完全に出てくる。

男にしては少し小柄だ。

それに長い睫毛や可憐な唇といい、女の子に間違えられても仕方がない容姿をしている。

だがちゃんと男性の服を着ていた。

「敬語はやめてくれ。あんたが先輩で、俺は後輩なんだ」

「は、はい……じゃなくて。……うん」

俺の方がかなり年上なので、少年はやり難そうに頷く。

「えっと……試験のときに何度か会ったよね？　覚えてるかな？」

「ああ。ダンジョンでオーガの群れに襲われているときに」

「そうそう。正直、よくあのピンチを切り抜けることができたと思うよ。それと一応、トラル丘の頂上にもいたんだけどね」

「あっ、もしかして金属の札を渡してた……」

「うん。在校生があんなふうに手伝ったりするんだ。謝礼も貰（もら）えるし、希望する人も多いよ」

と、そこで少年が手を差し出してくる。

「ぼくはクルシェだよ」

「俺はルーカスだ」

「これからよろしくね。えっと、ルーカス……くん」

「ああ、よろしくな、クルシェ」

俺は手を握り返した。

……まさか、この歳（とし）で〝くん〟付けされるなんて思わなかった。

何だかむず痒（がゆ）い感じがする。

——俺は今、男の尻に見惚れてしまったのか……？

「よ、よかった……バレなくって……」

自室に戻ったクルシェは、実は聞こえていた年上の新入生の呟きを思い出して、思わず安堵の息を吐く。

後ろを向いていたお陰で、どうやらお尻の方しか見られなかったようだ。

……とはいえ、

「うぅ……それでも十分恥ずかしいよぉ……男の人に裸を見られちゃうなんて……」

2

学院内に設置された大講堂にて入学式が行われていた。

騎士学院は二年制で、一学年は百人程度だという。

そのうち約八十人が貴族であり、平民枠からの入学者は二十人程度である。

男女比は7：3といったところか。

式には生徒の保護者も大勢参加しているようだ。

むしろ生徒より多いくらいかもしれない。

二階席までほとんど埋め尽くされていた。

その中にはこの国を代表する大貴族もいることだろう。

『おっ、あそこにプリケツが来ておるぞ』

「その呼び方やめい」

在校生も参加しているらしく、クルシェの姿もあった。

『あの人が同室の？』

隣の席のアリアが念話を使って訊いてくる。

『ああ。プリ――じゃない、クルシェだ。アリアも試験のときに見たことあるだろ？』

『生憎、いっぱいいっぱいだったから覚えてないわ。それにしても随分と可愛らしい先輩ね』

『部屋で最初に会ったとき、男子寮のはずなのに女子がいるのかと思ってしまったくらいだからな。しかもそれが脱衣所だったからマジで焦った』

もちろん、そのぷりぷりのお尻につい見惚れたなど、言えるわけがない。

クルシェは親切で良い奴だった。

彼が色々と教えてくれたお陰で、右も左も分からない寮生活に戸惑うことも少ない。

ちなみに彼も俺と同じく平民出身らしい。

ライオスみたいないけ好かない貴族だったら最悪だなと思っていたが、彼となら上手くやっていけそうだ。

もしかしたらトラブルを回避するため、貴族と平民は別の部屋になるようにしているのかもしれない。

そう言えば、在校生の中にそのライオスの姿を見かけないな……？

『しかし綺麗な娘が多いのう！　なるほど、なぜわざわざこんなところに通うのかと思っておったが、ここで若い嫁をたくさん作るつもりだったのじゃな！　納得じゃ！』
断じて違う。
そのとき不意に会場内がざわめいた。
ある人物が登壇してきたのだ。
「綺麗……」
「あのお方が……」
会場中の視線が壇上へと集まる。
俺も思わず息を呑んだ。
絶世の美少女の姿がそこにあった。
滅多にお目にかかれないエメラルドグリーンの髪。
ゆるくカールしながら腰まで伸びるそれは、さながら南国の海のよう。
同色の瞳はまるで宝石で、整った顔立ちの中でも一際輝いて見える。
年齢は十七、八といったところだろう。
まだ若いが、その名は恐らく王国中の人が知っていた。
もちろん俺のようなド平民でも。
フィオラ＝レア＝セントグラ。
この国一の美貌の持ち主とまで称される、現国王の愛娘。
王位継承権第二位の正真正銘の王族である。

しかし今日は王族としてではなく、在校生代表としての挨拶だ。

彼女は現在、この学院に通っているのだ。

「新入生の皆様。この度は入学おめでとうございますわ」

大勢を前にしても緊張した様子など微塵もなく、フィオラ王女は凛としたよく通る声を講堂内に響かせた。

さすがは王族。こうしたことに慣れているのだろう。

「あたくしはフィオラ＝レア＝セントグラ。皆様ご存知の通り、この国の王族ですわ」

フィオラ王女がどこか神妙な顔つきでそう告げると、その場に集う多くが思わずといった様子で背筋を伸ばす。

俺も慌てて姿勢を正した。

しかし次の瞬間、フィオラ王女は表情を和らげて笑みを浮かべた。

聖母のような微笑みに、会場中の緊張が一気に解放されていく。

「ですが、ここでのあたくしは学院の一生徒。これから共にこの学院で学ぶ皆様方とは、ぜひ対等で親密な関係を築いていきたいと思っていますの。ですから王族だからと言って壁を作らず、気軽に話しかけていただけると嬉しいですわ」

「……と、王女殿下はおっしゃっていたが、勘違いはしないように。あくまであれは殿下個人のお考えであって、もちろん最大限尊重すべきではあるが、当然ながら誰でも彼でもお近づきになれるとは思わないでくれたまえ」

入学式後。

新入生だけが集められると、教員が第一声でそう釘を刺してきた。

ま、そうだろうな。

大貴族ならともかく、下級貴族や平民がおいそれと王女と親しくなれるわけがない。

王女自身が良いと言っても、周囲が黙っちゃいないだろう。

『阿呆！　王女をハーレムに加えるのは英雄の王道じゃろうが！　せっかくああ言っておるんじゃから、ぜひアタックするのじゃ！』

「はいはい」

その後は授業の履修の仕方などについての説明があった。

どうやら文官を目指しているのか、それとも武官を目指しているのかによって、受けるべき授業が異なってくるらしい。

「武官を目指すならば、卒業のためには学院が出す実技課題をクリアしていく必要がある。その難度は段階的に上がっていくが、最終的には個人ではほぼ達成が不可能な課題となる。ゆえにチーム――〝ユニット〟を作り、協力して挑むことを推奨する」

騎士になれば必ず部隊に配属され、集団での行動が求められる。

恐らくそれを見越してのことだろう。

騎士よりずっと個人主義の人間が多い冒険者なんかであっても、チーム（パーティと呼ばれることが多い）を組むのは当たり前のことだ。

時にはもっと大規模な集団・クランを形成することもある。

少人数での冒険は、危険が伴うのはもちろん、あまり効率が良いとは言えない。

雑魚を数多く倒すより、数は少なくとも強敵を倒していく方が高価なドロップアイテムを入手しやすく、たとえ人数で分散することになったとしても儲けが大きいしな。

俺の見立てでは、パーティは最低でも三人、できれば四人か五人がちょうどいいだろう。

「と言っても、下手な相手を入れるとかえって非効率になるからな」

「そうね。誰かを加えるにしても、しっかり見極めてからにするべきね」

説明会が終わって解散となると、俺とアリアはその辺りについて少し相談した。

ユニットの人数、メンバーは生徒の自由らしい。

お陰でアリアと一緒に実技課題をこなせるのはありがたいが、その分、悩んでしまう。

「選び過ぎると、気づいたらもう誰もいなくなっていた、なんてことになりかねないしな」

「……難しいわね」

『ともかく女じゃ、女！　女以外はダメじゃ！　できればあの王女がよい！』

「はいはい」

『お主、ここのところ我への対応がおざなり過ぎやせんかの!?』

と、そんなやり取りをしているときだった。

「ルーカスくん！」

クルシェだ。

満面の笑みで手を振りながら、こちらに向かって歩いてくる。

……男なのにやっぱり可愛い。

それはともかく、ちょうどいいところに来てくれた。

彼に相談してみよう。

3

「えっと、そうだね……。君たちだったら、たぶん選り取り見取りだから、そんなに心配しなくてもいいかな？」

「どういうことだ？」

「ほら見てごらんよ。早速、君たちを勧誘しようと追い駆けてきた人たちがいるでしょ」

言われて後ろを振り返ってみると、上級生らしき二人組の姿があった。

クルシェに先を越されたと思ったのか、悔しそうにしている。

「上級生と組んでもいいのか？」

「うん。だから優秀な新人については、毎年ユニット同士で勧誘合戦が行われたりするんだ。今年の新入生の中で、君たちはかなり注目されているんだよ？」

どうやら最終試験の戦いを見ていた在校生たちが、こぞって俺たちのことを噂（うわさ）しているのだとか。

特にライオスを倒したアリアには、これから多くのユニットが声をかけてくるだろうと、クルシェは予想を話してくれた。

「へー。ちなみにクルシェもユニットを組んでいるのか？」

俺が訊くと、クルシェは少し躊躇（ためら）うような素振りを見せてから、

「残念ながら、ぼくは今一人なんだ」

「そうなのか？」

「う、うん」

もしかしたら元々は上級生と組んでいたが、卒業して全員いなくなってしまったみたいなパターンだろうか？

「と、とにかく！　君たちが加入したいって言ったら、拒むところはほとんどないんじゃないかな？　だからじっくり考えてみたらいいと思うよ。試しに入ってみて、しばらく一緒に冒険してみるというのもありだと思うし」

「そうか」

俺はちらりとアリアを見遣（みや）る。

『いいと思うわ』

彼女の許可も得られたし、提案してみよう。

「だったら試しにクルシェとユニットを組んでみてもいいか？」

「え？　ぼくと？」

目を丸くするクルシェ。

彼が誰ともユニットを組んでいないというなら、ちょうどいい。

貴族の多いユニットにはあまり入りたくないので、できれば同じ平民が嬉しい。さらに同級生ばかりより、上級生がいるなら色々と心強いだろう。

それにまだ出会って間もないが、彼は信頼できる相手だと俺は思っていた。

「えっと……でも……」

何か事情でもあるのか、クルシェは少し迷っていたが、やがて決意したように、

「……じゃあ、とりあえずお試しってことなら？」

「おお、いいのか？」

「う、うん。こんなぼくでいいなら、だけど。……あっ、一応、心配はしないで！　ぼく、決して実力がなくてハブられちゃったわけじゃないから！」

……ハブられているのか？

「わたしはアリアよ。彼からあなたのことは聞いているわ。よろしく」

「ぼくはクルシェだよ！　よろしくね、アリアさん！」

アリアが手を出し、クルシェが握り返す。

『クルシェが仲間になった！　ディンティティティティティ～～～～♪』

何だ、その謎のメロディーは。

……ん？

てか、あれだけ女以外はダメじゃ！　とか喚いていたくせに、こいつ、まったく反対しなかったな？

◇　◇　◇

入学式が終わり、クルシェとお試しでユニットを組むこととなったその翌日。

俺たちは早速ダンジョンに潜っていた。

もちろん入学試験の舞台にもなった『セランド大迷宮』だ。

授業が始まるまで、まだ数日ある。

なのでそれまでに実際にこのユニットでどれだけやれるのか、確かめてみようということになったのだ。

「はっ！」

「ブヒグッ⁉」

クルシェの正拳突きが、オークの巨体を数メートル以上も吹き飛ばす。

木の幹に叩きつけられたオークは絶命し、灰と化した。

「クルシェ、後ろだ！」

「っ！」

俺の声にハッとして瞬転したクルシェは、そのまま後ろ回し蹴りを繰り出した。

すると背後からクルシェに襲いかかろうとしていた樹──その正体はトレントという木の魔物だ──が文字通り木っ端微塵に粉砕される。

「すごい力……」

アリアが呆然と呟いた。

「何か筋力を強化させるようなアイテムをつけてるわけじゃないんだよな？」

「うん。ぼく、パワーだけは自信があるんだ！」

そう自慢げに言うように、彼はその小柄な体軀に似合わない怪力の持ち主だった。

彼の戦闘スタイルは完全な徒手空拳。

何の装備もつけていないというのに、自前の力だけで魔物を打ち倒していくのだ。

現在地はダンジョンの第二層。

森林フロアと呼ばれ、その名の通り樹木に覆われた階層だ。

オークやトレントといった、主に危険度Ｄに指定されている魔物が出現する。

普通の冒険者なら苦戦するような相手だが、クルシェならほとんど一撃。

むしろオーバーキルなくらいだった。

「さすが上級生だ」

「そ、それほどでもないよっ」

クルシェは少し照れたように頬を染めて、

「君たちだって十分すごいよ。しかも試験のときよりも強くなってるんじゃないかな？　ぼくの印象だと、このレベル帯の敵相手にもう少し苦戦していたような気がするんだけど……」

首を傾げつつ、クルシェは戦いのため地面に下ろしていたバックパックを背負い直す。

その大きさは俺やアリアの荷物の三、四倍はあった。

「それ、本当にいいのか？　疲れてきたら俺が代わるぞ？」

「平気平気！　ぼく、体力にも自信があるから！」

クルシェ本人の申し出で、荷物の大半を運んでくれているのだ。

確かに全然疲れてはなさそうだが……まぁ本人もああ言ってるし、いいか。

それにしても、さすがに荷物が多すぎるような……？

そんな俺の視線に気づいたのか、クルシェは恥ずかしそうに、

「……ぼ、ぼく、人一倍食べるから……」

どうやら食糧が大量に入っているらしい。

入学試験のときは初日で第一層の安全地帯までしか行けなかったが、この日は一気に第二層の安全地帯まで辿り着くことができた。

今日はここでキャンプである。

実は騎士学院に入ると、なんと遠征の際の物資――食糧はもちろん、地図やポーションなんかも――をすべて学校から支給してもらえるという大きな特典があった。

お陰で懐の心配を一切する必要がない。

……ただし逐一申請と報告をしなければならないが。

「確かによく食べるな」

「うっ……ね、燃費が悪くて、ごめんなさい……」

持ってきた保存食などを、ぱくぱくと食べ続けていたクルシェが、バツが悪そうに謝ってくる。

「いや、よく食べるのは健康的でいいと思うぞ」

「そ、そう？」

食事が終わると、俺たちは狭いテントで川の字になって仮眠することにした。

魔物が出ない場所なので、試験のときと同様、見張りはなしだ。

俺が真ん中に入り、両側に二人が寝るという形になった。

しばらくするとクルシェの方から寝息が聞こえてくる。

俺も微睡の中に入りかけていたが、

『ねえ、ルーカス……』

不意に念話でアリアから声をかけられ、俺は瞼を擦った。

『どうしたんだ？　……って』

元から密着していたが、彼女はさらに俺の方に身を寄せてくる。

めちゃくちゃ顔が近い。

ほとんど抱き合うような格好だ。

『だって、あれ以来ぜんぜんしてくれないんだもの……』

興奮しているのか、少し呼気を荒らげているアリア。

湿っぽい息が俺の鼻を撫でる。

してくれないって……確かに俺がアリアと寝たのはあの夜だけだ。

『だからって、こんなところでヤるのはマズイだろ……？　すぐ傍でクルシェが寝てるんだし。……も、戻ってからしてやるから、な？』

『……うん。でも、せめてキスだけ』

彼女の顔が近づいてきたかと思うと、唇が触れ合っていた。

まぁ、キスだけなら……。

最初は優しい口づけだった。

だが次第にそれだけでは満足できなかったのか、アリアは舌を侵入させてくる。

くちゃ……くちゅ……。

『お、おい、音が……』

彼女が情熱的に求めてくるので、音を出さないようにするのに非常に苦労した。

5

「さっきからどうしたんだ、クルシェ？」

「え？」

「なんか目が合う度に、慌てて逸らされてる気がするんだが……」

「そ、そうかな？　きっと気のせいだと思うよっ？　それより早く出発しよう！　やっぱり第三層以降まで潜らないと、今のぼくたちには大した訓練にはならないからね！」

翌日、俺たちは第三層の洞窟フロアへと歩みを進めていた。

朝起きてからクルシェがどこか余所余所しいというか、ぎこちない感じだった。さすがに魔物が現れ始めると段々と普段通りに戻っていったが。

……何かあったのだろうか？

入学試験のときはオーガが引っ切りなしに現れて苦労したこのフロアだが、今回は良心的な出現数だったのでそれほど苦もなく進んでいくことができた。

もちろん、クルシェの加入やアリアが疑似神具を手に入れた影響も大きい。

そして俺たちは、試験のときにゴールになっていた第三層の安全地帯へと無事に辿り着くことができた。

「二人とも体力の方はどうだい？」

「俺は問題ないぞ」

「わたしもよ」

「じゃあ、休憩せずにこのまま第四層に行ってみようか？　疲れたらすぐに戻ってこれるよう、階段からそんなに離れてない場所を探索しよう！」

そのクルシェの意見に俺とアリアも賛同して、第四層へと降りてみることに。

「うおっ、なんだここは？」

「氷の世界……？」

初めてこの階層に足を踏み入れた俺とアリアは、目の前に広がった光景に思わず息を呑んだ。

そこは一面の銀世界だった。

地面や壁が氷や雪によって覆われているのだ。

森林のフロアも凄（すご）かったが、ここもダンジョンの中だとは思えないな。

「第四層は氷雪フロアになっているんだ」

「さ、寒いな……」

「ほんと……じっとしてたら風邪（かぜ）を引きそうだわ」

ご丁寧なことに気温もしっかりと極寒となっていた。

「ここにはどんなモンスターが出るんだ？」

「えっと、そうだね……最も数が多いのはアイスウルフっていう、口から冷気を吐き出す狼（おおかみ）の魔物かな」

クルシェが教えてくれる。

「アイスブレスって呼ばれてるけど、何体かで群れて距離を取りながらそれで少しずつ獲物を凍らせて動けなくしてしまうんだ。単体だとせいぜい危険度Dくらいの強さなんだけど、そうやって集団で狩りをしてくるから危険度はCの中でも最上位とされてるよ」

狼系の魔物は頭が良く、群れを形成することが多いのだが、アイスウルフもその例に漏れないらしい。

しかもブレスまで吐くとは厄介だ。

「単体で強いのはホワイトグリズリーかな。体長三メートルを超す大型の魔物で、たぶんトロルやオーガよりも怪力だね。鋭い爪や噛みつき攻撃も厄介だし」

こちらも危険度はCの最上位だという。

「あと気をつけないといけないのは、この足場だね」

「確かにこれは滑りそうだな」

「雪の上だと滑りはしないけど、今度は足が埋まっちゃって動きにくいわね」

足元にも注意が必要そうだった。

それから俺たちはあまり階段から離れないようにしつつ、魔物を探して歩き回った。

「っ！　早速だな」

「あれがホワイトグリズリーだよ！」

真っ白い毛で覆われた熊がこちらに気づき、物凄い速度で迫ってきた。

身体もでかいため、なかなか威圧感がある。

「ぼくに任せて！」

それを真正面から迎え撃ったのはクルシェだった。

「でええいっ！」

あろうことか彼は迫りくるあの巨体の懐に飛び込んだ。

激突。

普通の人間なら間違いなく吹き飛ばされていただろうが、クルシェはその小さな身体で突進を受け止めてしまっていた。

「どりゃあああっ！」

さらにホワイトグリズリーの身体を持ち上げ、豪快に放り投げる。

「グルアアアアッ⁉」

氷の上に叩きつけられ、悲鳴を轟かせるホワイトグリズリー。

そこへすかさずアリアが躍りかかった。

背中を切り裂かれたホワイトグリズリーの身体から炎が燃え上がる。

紅姫の力だ。

「グアアアアアアアアアアアアアッ！」

あっという間に巨体が炎に包まれ、氷の上をのた打ち回る。

どうやらこの熊、火属性の攻撃に弱いらしい。

その苦しみから解放してやろうと、俺は巨大熊の首を斬りつけた。

巨軀が崩れ落ちる。

そして灰となり、【魔獣の爪】という素材がドロップした。

◇◇◇

俺たちは再び第三層の安全地帯へと戻ってきた。

「二人ともすごいね。第四層でも全然問題ないじゃないか。入学したてとは思えないよ」

「クルシェこそ、ホワイトグリズリーを投げ飛ばすなんてびっくりしたぞ」

「はは、言った通りパワーだけはね……」

クルシェはそう謙遜(けんそん)する。

「だけど、それだけじゃ、あんなに綺麗には投げられないと思うわ。あまり詳しくないけど、体術だってかなりのものよね」

「どこで学んだんだ？　体術戦闘ってあまり見かけないよな」

「えっと、一応、故郷の村で……」

「故郷？　へぇ、なんていう村なんだ？」

訊いてみたが、北方の辺境にあるらしく、まったく聞いたことのない名前だった。

「知らないよね。すっごい田舎(いなか)だからさ」

「そんなところからわざわざ王都まで来たのか」

「……うん」

なぜか先ほどからクルシェの歯切れが悪い。

あまり訊かれたくない話題なのかもしれない。

「それにしても二人の剣はかなりの業物(わざもの)だよね？　特にアリアさんのなんて属性系の特殊効果がついてるし……って、あれ？　でも四次試験のときはナイフだったような……」

「ま、まぁ、色々あってな」

「……そ、そうね」

ウェヌスのことはまだ黙っておいた方が良いだろう。

……その能力を知られると、変態だと思われかねないしな。

『これ！　〈眷姫後宮(クイーンズハレム)〉を後ろ暗いもののように言うでない！』

はいはい。

それに俺とアリアの関係を知ってしまうと、疎外感を覚えるかもしれないしな。

もう少し親しくなってからでも遅くはないだろう。

軽く歓談しながら食事を取り、明日に備えて仮眠を取ることになった。

6

ダンジョン攻略を終えて、俺たちは無事に地上へと帰還した。

明日から授業だ。

「しかし、とりあえず確かめてみようの精神でダンジョンに潜ってしまったが、今後の予定についてもちゃんと打ち合わせておくべきだったな」

「特にクルシェは学年も違うし、日程の調整が必要よね。……クルシェ？」

「えっ？　あ、う、うん、そうだねっ」

「「……？」」

何だかやはりクルシェの様子がおかしい。

俺たちとあまりしゃべろうとしないのだ。

たまに会話を交しても、なぜか頬を赤くして明後日の方角を見てしまう。

「じゃあ、この後はどこかに集合してミーティングをするか」

「どこでやればいいかしら？　寮にも交流スペースがあるけど……」

「そ、それならぼく、いいところ知ってるよ」

待ち合わせ時間も決めて、いったん寮へ。

アリア、クルシェと別れて自分のプライベートスペースに戻ると、ウェヌスが人化して幼女の姿になった。

「うっひゃーっ！　久しぶりに自由に動き回れるのじゃ！」

ダンジョンにいる間は常にクルシェがいたということもあって、ずっと剣の姿のままだったのだ。

そのせいでストレスが溜まっていたのか、ウェヌスはベッドの上に乗っかると、ぴょんぴょん飛び跳ねながらはしゃいだ。

完全に子供だ。

「我は剣じゃし、別に剣のままでも辛くはないのじゃが、こうして自分で動くことも好きなのじゃ。

うっひょーい！」

「それはいいけど、あんまり大きな声を出すなよ。クルシェに聞こえてしまう。部屋に幼女を連れ込んでるなんて知られたらマズイ。それでなくてもダンジョンに潜ってから微妙に避けられてる気がするしな」

「避けられてる、か……くくくっ」

なぜかウェヌスがニヤニヤと下品な笑みを向けてくる。

「何だよ？」

「いやいや、何でもないぞ～」

それから俺たちが集合したのは、学院内に設けられた小さなカフェだ。

しかし思わず中に入るのに躊躇（ちゅうちょ）してしまう。

「こんな高そうなところ、大丈夫なのか？」

クルシェが苦笑する。

「大丈夫だよ。ここは学院の生徒ならタダで利用できるし」

「マジか」

「これでもお客さんはほとんど平民だよ？　貴族の生徒はもっと良いところを使ってるし」

「……そうなのか」

俺のような貧乏人からすると、どう見ても高級店なのだが……。

学生寮の部屋の豪華さにも驚かされたが、改めて俺はとんでもないところに入学してしまったのだなと思い知らされる。

「で、いつユニットとしての活動をするかだけど、日程を合せるのはそんなに難しくないよ。というのも、一年生も二年生も、座学の必修授業はどれも週の前半に固まっているからさ」

実技の授業や課題のため、数日くらい街を離れなければいけなくなることも多い。

それゆえ、週の後半を空けやすいようにしているのだという。

「なるほど。武官を希望するなら、別に週の後半にある専門的な講義を受ける必要はないのか」

「うん」

それからね、とクルシェは補足する。

「授業の出席点ってそれほど大きくないからさ、試験さえ頑張ればちゃんと単位を取ることはできるよ。ユニットによっては、受ける授業を分担して、一人が取ったノートで後から全員が勉強するみたいな方法を取ってるところもあるんだ。もちろん学校側もそれを容認してる」

「へー」

やはり先輩がいると助かるな。

気になっていた情報＋αがすぐに手に入る。

そのとき、俄(にわ)かに店内がざわめいた。

何事かと入り口の方へと視線をやると、そこには入学式で見た人物の姿があった。

「フィ、フィオラ王女殿下っ⁉」

店員が裏返った声を上げた。

そう。

その人物と言うのは、この国の王位継承権を持つ美貌の姫君、フィオラ＝レア＝セントグラ王女だった。

周囲の注目など意に介さず、彼女は堂々たる足取りで店内に入ってくる。

ああ、確かにここ、大した高級店じゃねーや……。

彼女と比較されては可哀想かもしれないが、はっきりとそう思えてしまった。

しかしなぜ彼女がここに？

そう思っていると、あろうことか俺たちが座っている席まで真っ直ぐ近づいてくる。

『ほほう！　これはもしかしてお主に用があるのではないかの！　チャンスじゃぞ！』

って、そんなわけがないだろ。

同じ学院に通っているとは言え、王女様が俺みたいな平民のおっさんに用事があるとは思えない。

となると、アリアだろうか。

確かにアリアは元貴族の娘だ。

王女様と面識があってもおかしくはない。

だが俺の予想は外れた。

王女様が花のような笑顔を向けたのは、俺の隣に腰かける少年で――

「捜しましたわ、クルシェさま」

……さま？

「は、はい、フィオラ殿下……」

クルシェは頬を引き攣らせながら立ち上がると、その場で跪こうとする。

しかし王女はそれを制すると、拗ねたように唇を尖らせた。

「もう。あたくし何度も申し上げておりますわ。あたくしのことは、フィオラとお呼びください、と」

「い、いえ、ですが、それはさすがに……」

「敬語もやめてくださいまし。あたくしとクルシェさまの仲ではないですの」

「う、うん……分かった……フィオラ……さん……」

満面の笑みを浮かべる王女に対し、クルシェは普段の快活さが嘘のようにタジタジだ。

それにしても、王女が平民であるはずのクルシェにこんな親しく接してくるとは。

見たところ付き人もいないし。

入学式の際に言っていたことは本当に社交辞令ではなかったんだな。

それとも、もしかしてクルシェは平民と言っても、俺と違って大富豪の子息だったりするのだろうか？

……いや、田舎出身って言ってたっけ。

「ところで、クルシェさま。あのことは考えてくださいましたの？　あたくし、その答えを早く聞きたくてずっと捜していたのですわ」

何か重要な約束でもしているのかもしれない。

俺たちは席を外した方がいいかとクルシェに目配せしたが、彼は首を振る。

それどころか、「一人にしないでよ」とその目が語っていた。

そして王女はやたらと熱の籠(こも)った声で告げたのだった。

「クルシェさま、ぜひあたくしのユニットに加入してくださいまし」

7

「クルシェさま、ぜひあたくしのユニットに加入してくださいまし」

まさか王女から直々(じきじき)にユニット加入の誘いを受けるとは。

普通ならその名誉をありがたく頂戴(ちょうだい)するところなのだろうが、しかしクルシェは首を縦には振らなかった。

「いや、さすがにぼくみたいな平民が、王女様の君と同じユニットを組むのは難しいよ」

「身分など関係ありませんわ。なぜならクルシェさまは学年一の実力者。武力で伸(の)し上がってきたこの国において、それは最も尊ばれるべきものですの」

即座に言い返し、王女は簡単には引き下がらない。

『てか、クルシェって王女様にここまで言われるくらい凄かったんだな』

『確かに、ライオスなんかよりも強いとは思っていたけど……』

完全に蚊帳(かや)の外に置かれた俺とアリアは、〈念話〉を使って秘かに言葉を交わす。

「そ、それにっ、えっと……じ、実はもう、彼らとユニットを組んじゃったんだ！」

クルシェはそう言って、俺とアリアの方へと顔を向けてくる。

その表情が「ごめん！」と告げていた。

……おいおい、何だか厄介なやり取りに巻き込まれてしまったぞ。

当然ながら王女の視線もまた俺たちの方へ。

「あら、あなたどこかで……」

アリアの顔を見て一瞬何かに気づきかけたようだが、気のせいだと思ったのか、王女は小首を傾げただけだった。

『一、二度お会いしただけだから。さすがに覚えていないわよ』

『むしろ覚えてなくてよかったな。……こんな状況だし』

「そうですの……すでにこの方たちとユニットを……」

表面上は笑みを浮かべつつも、少なからず不満や苛立ち（いらだ）を感じさせる声で呟く。

そりゃそうだろう。

王族の誘いを蹴って、別の人間とユニットを組んでいたのだ。

「……つまり、あたくしなんかより、この方たちの方が……」

やはり笑顔は崩さないが、俺には何となく彼女の背後にどす黒いオーラが幻視された。

お、怒ってる……これ絶対、怒ってるよな……。

王族と会ったことなどないド平民の俺にとって、いきなりこれはハードルが高すぎる。

とは言え、アリアに頼るわけにはいかない。

リンスレット家の名誉挽回を目指しているというのに、王女の機嫌を損ねるようなことになれば一巻の終わりだろう。

せっかく顔を記憶していないようだし、このままやり過ごしたいところだ。

「だ、だから、ごめんねっ……？」

クルシェは頑張って押し切ろうとしている。

するとフィオラ王女は妙案でも思いついたというように、いきなりパンと手を叩いた。

「そうですわ！　でしたら、あたくしもそのユニットに加入すればいいんですの！」

「ええっ⁉」

思わぬ返答に、クルシェが頓狂な声を上げる。

「い、いや、それは……」

「それはいいですわ！　そうすれば、あたくしを含めて全部で四人！　人数としてもちょうどいいですの！」

「で、でもそれじゃあ、フィオラさんのユニットが……」

「心配は要りませんわ。あたくしを含めて五人いましたし、一人抜けても四人ですもの」

王女様がこのユニットに？

冗談だろ。

幾ら何でも周囲が黙っちゃいない。

「いけません、王女殿下」

不意に鋭い声が割り込んできた。

フィオラ王女と同じ年くらいの少女がこちらに駆け寄ってくる。

きりっとした眉が印象的で、いかにも真面目で実直そうな子だった。

「あら、マリーではないですの」

「マリーではないですの、ではありません！　また殿下の護衛である私の目を盗んで、勝手にこんなところまで来て……！」

「だって、マリーが一緒だとうるさいんですもの」

「うっ……そ、それは殿下が自由すぎるからです！　だいたいユニットを移るとはどういうことですか！　平民ばかりのユニットに殿下が加わるなど、許されるはずがありません！」

どうやら彼女は王女の護衛であるとともに、お目付け役的な存在でもあるらしい。

きっぱりと自分の考えを否定され、王女は「むう」と頬を膨らませた。

「では、どうすればあたくしとクルシェさまは一緒のユニットになれるんですの」

「諦めてください」

「嫌ですわ」

入学式で見せた凛々しさはどこへ行ったのか、まるで駄々をこねる子供のようだった。

「クルシェ氏も困っておられます」

「え？　そ、そうですの……？　あたくし、もしかして困らせてしまっておりましたの……？」

急におどおどし出し、恐る恐る本人に確認する王女。

「えっと……」

事実だがさすがに頷くわけにもいかず、クルシェは弱り切った顔でぽりぽりと頭を掻いた。

「……仕方ありませんわ。今日のところは出直しますの」

ようやくフィオラ王女が引き下がる。

従者の少女を連れて出ていくと、やっと店内に満ちていた緊張が解けた。

しかしこちらに向けられる好奇の視線はそのままだ。

俺たちは打ち合わせを中断して、すぐに店を出ることにした。

◇　◇　◇

「ちょっとよろしいですの？」

客が出た後のテーブルを片づけていた店員は、声をかけられて心底驚いた。

なにせそこにいたのは、この国の王女様だったのだ。

先ほど出て行ったというのに、どうやらまた戻ってきたらしい。

ただし今度は頭にフードを被っている。

お陰でまだ他の客には気づかれていない。

「で、殿――」

「しー。静かにしてくださいまし。用事が済めば、すぐに出て行きますの」

王女は言った。

「先ほど黒い髪の方が飲んでいたティーカップ。金貨五枚で売ってくださいまし」

「……え？」


しばらくして——

店を後にしたフィオラ王女は、息を荒らげ興奮していた。

「ああ！　クルシェさまのっ……クルシェさまの唾液がここに……っ！　ハァハァハァ」

熱に浮かされたような表情を浮かべる彼女の手にあるのは、先ほどカフェで買い取ったティーカップ。

「舐めとりたい……でも、そうしたらあたくしの唾液で汚れてしまう……！　けれどクルシェさまと間接キスをしたい……！　あああっ！　一体、あたくしはどうしたらいいんですのっ⁉」

しばし頭を抱えて唸っていたが、やがて天啓が降りたかのように顔を上げて瞳を輝かせたのだった。

「そうですわっ！　半分だけ……！　半分だけ舐めればいいんですわぁぁぁっ！」

この後、めちゃくちゃぺろぺろした。

8

「ほんと、ごめんね。君たちを断るために利用しちゃったみたいで」

店を出た後、クルシェが申し訳なさそうに謝ってくる。

俺とアリアは「気にするな」と伝えて、

「しかし驚いたな。まさか王女様が直々に勧誘しに来るなんて」

「よっぽど気に入られているのね？」

クルシェは苦々しい笑みを浮かべた。

「前に一度、ダンジョンでちょっと危ない状況に陥っていた王女様を助けたことがあるんだ。それ以来、彼女のユニットに誘われるようになっちゃって……」

王女様のユニットとなれば、実力者ぞろいに違いない。

だったら加入してしまえばいいのではないか——と思わなくもないが、そうもいかないのだろう。なにせ身分が違い過ぎる。

その後、適当な交流スペースで再開した打ち合わせも終わり、寮の自室へと戻ってきた。

クルシェと分かれて個室に入ろうとした俺は、すぐにそれに気づく。

「手紙？」

ドアのすぐ下に手紙らしきものが落ちていたのだ。

誰から何の用だろうと思って中を読むと、

——王女殿下に近づくな。

とだけ書かれていた。

シンプルな言葉だが、背後に込められたドス黒い感情に、少し背筋が冷える心地がした。

差出人の名前は書いてあった。

宛先の名前はない。

「クルシェ宛じゃねーか」

どうやら部屋を間違えたらしい。

しかしこれ、さすがにクルシェに持っていくわけにもいかないよな。

恐らくだが、すでに何度も同じような手紙を貰っている気がした。

「ユニットへの加入を断っていてもこれか。そりゃ、加入したら大変だろうなぁ」

同情する。

クルシェは何も悪くないはずなのだが、王女に好かれてしまったせいで、きっと色々と苦労してきたことだろう。

◇◇◇

授業が始まった。

新入生は二十人前後の五つのクラス――AからEまでのクラスに分けられ、授業を受けることになる。

入学試験の成績や〝家格〟に応じて選別されるそうだが、基本的に平民は全員がEクラスだった。

これは単に身分の違いがあるからというだけでなく、幼い頃から家庭教師をつけられ、英才教育を施されている貴族の子女たちとは、勉学の習熟具合がまるで異なるからという理由もあるらしい。

確かに知識量の大きく違う生徒を、一緒に教えるのは難しいし非効率だろう。

二年生からは文官か武官か、希望進路に応じてクラスが再編されるという。

その際に試験の成績が良ければ、平民でも貴族と同じクラスに入ることもあるそうだ。

Ｅクラスが一年次に学ぶのは、主に、政治や歴史、地理、数学、軍事など。

貴族であれば、いずれも教養の範囲に属するものだ。

平民でも裕福な商人の家なら学習しているかもしれない。

「……俺はまったくだけどな」

歴史や地理であれば、多少は知っている。

ただし体系的に学んだことがないため非常に断片的で、もしかしたら間違って覚えている可能性も大いにあった。

クルシェによれば、スタート地点の低い平民クラスであっても、卒業時には貴族のクラスと遜色のない習熟度が求められるそうで、彼も苦労しているという。

文官に比べれば、武官を目指す方が遥かにマシだそうだが。

「分からないことがあったら教えてあげるわ」

頼りにしています、アリア先生。

彼女もまた小さい頃は家庭教師に学んでいたという。

今は平民なので俺と同じクラスになったが、すでに学習済みの内容ばかりだったようだ。

座学の授業はかなり朝早い時間から始まって、午前中には終了となる。

昼からは実技の授業だが、その前に昼食だ。

アリアと一緒に食堂へと向かう途中のことだった。

「おい、そこの女」

不意に呼び止められて、振り返る。随分と恰幅（かっぷく）の良い少年が、取り巻きらしき二人組を連れてこちらへと歩いてきた。

恐らく上級生だろう。

「その赤い髪。お前が入学試験でライオスを倒したっていうアリアだな？」

「そうだけど……あなたは？」

「オレはゼオン。サルトラ伯爵（はくしゃく）家の次男だ」

ゼオンと名乗った彼は、いかにも貴族のボンボンといった雰囲気だった。

『アリア、知り合いか？』

『サルトラ伯爵家の名くらいは知っているわ。だけど領地が離れているから面識はないわね。ましてや次男だし……』

伯爵ということは、侯爵（こうしゃく）であるレガリア家に次ぐ家格ということだ。

いきなり声をかけてきたので、アリアと面識があるかと思ったが、同じ貴族とは言え、ほとんど交流などないという。

その伯爵家の次男、ゼオンは、偉そうに腕を組みながら言ったのだった。

「お前、オレのユニットに入れ」

どうやらアリアを勧誘しにきたらしい。

クルシェが言っていた通りだ。

「平民があいつを倒したなんて、どうせ幾つもマグレが重なっただけだろうが、それでもその実績は美味しいからな」

にしても、この態度は何だ。

こちらの事情などお構いなしに、まるで命令するかのような口調。

当然ながら、アリアはきっぱりと断りの意を示した。

「お断りするわ。すでにユニットを結成しているし」

「まさか、こいつとか？」

「ええ」

ゼオンは値踏みするような視線で俺を見てくる。

「一年のくせに随分とおっさんだな」

ほっとけ。

「そう言えば、やたらと歳のいった新入生がいると聞いていたが、それがお前か。実力もそこそこと聞いてはいるが、生憎とあまり平民を増やし過ぎるとユニットとしての品が下がる。さすがに加入は認められない」

いや、こっちだってお前みたいな奴のユニットになんか入りたくないぞ。

と、そのとき、ちょうど近くを通りかかったのがクルシェだった。

彼は俺たちを見つけて、

「ルーカスくんにアリアさん？　奇遇だね、これから昼食――」

ゼオンの顔を見た途端、彼は次の句を呑み込んで、その笑みが翳った。

しかしそれに気づいたゼオンの顔つきの変化の方が、遥かに大きかった。

忌々しげに顔を顰め、不機嫌さを隠そうともせず吐き捨てる。

「不敬者が……」

それからゼオンはギロリと俺たちを睨み、訊いてきた。

「まさかお前ら、こいつと知り合いか？」

9

「まさかお前ら、こいつと知り合いか？」

ゼオンが不愉快そうに訊いてくる。

「知り合いも何も、ユニットを組んでいる。暫定だけどな」

別に隠すようなことでもない。

俺は事実を伝えた。

「……解消しろ」

「は？」

「ユニットを解消しろっつってんだよ」

おいおい、いきなり何を言ってやがる。

しかも何でお前に命令されなけりゃならないんだよ。

「断る」

「わたしもよ。もちろん、あなたのユニットに入る気もないわ」

俺とアリアが断言すると、ゼオンは「平民のくせにオレに逆らう気かッ！」と怒鳴ってきた。

今にも殴りかかってきそうな形相だ。

慌てて彼の取り巻きたちが声をかける。

「ぜ、ゼオンさん、落ち着いて下さいっす！」

「あそこに教員もいますし……」

廊下の向こうで生徒と話をしている教員を、ゼオンはチラリと見てから、

「ちっ。……その判断、いずれ必ず後悔することになるぞ？」

そう言い残して去っていった。

何だか前にも別の奴から聞いたことのある台詞（せりふ）だな……。

クルシェが恐る恐る近づいてくる。

「えっと……ごめんね、ぼくのせいで不快な目に遭わせちゃって……」

「どう考えてもクルシェのせいじゃないだろ」

「でも……」

そのとき俺の脳裏を過ったのは、昨日、間違って俺の部屋に入れられていた手紙だ。

――王女殿下に近づくな。

恐らくゼオンとは別人だとは思うが、何にせよ、王女がクルシェと仲良くすることをよく思わない連中がこの学院には沢山いるらしいな。

それに、不敬者……か。

クルシェとしては、彼らの言う通りちゃんと王女と距離を置いてるんだけどな。

王女から遠ざけるだけでは飽き足らず、とことんまで貶めたい奴もいるようだ。

クルシェがどのユニットにも入っていなかったのも、そのせいだろう。

今のように彼のユニットメンバーを脅し、解散させたのかもしれない。

俺が誘ったとき、クルシェが少し迷うような素振りを見せたのは、俺たちが似たような目に遭うことを危惧したのだろう。

てか、そんなことしたらクルシェが王女のユニットに入ってしまうかもしれないのに、その辺は考えなかったのだろうか。

憎しみというか、嫉妬というか、その感情が強すぎて頭が回ってないのかもな。

そうした俺の推測は、おおむね当たっていたようで。

「……黙っててごめん」

「だから謝る必要はないって。そもそもこっちから誘ったんだし」

「そうよ」

「う、うん……」

申し訳なさそうにしているクルシェに、俺ははっきりと言う。

「それにあんなことを言われたからって、従う気なんてまったくない」

「でも、迷惑かけちゃうかも……。前にぼくとユニットを組んでいた人たちは、執拗な嫌がらせを受けてたみたいだし……」

「そんなの気にするなって」

ライオスのときなんて、マジで殺しにきやがったしな。

「……ありがとう、二人とも。だけど無理はしないでね？」

「ああ。分かった。それより、せっかく会ったんだ。一緒に昼食を食べないか？」

俺がそう提案すると、なぜかクルシェは目を丸くした。

「ん？　どうしたんだ？」

「う、ううん、何でもないっ。……ちょっと驚いただけ」

「驚いた？」

「いや、だって……あまりにも今までと変わらないから……」

ぼそぼそと少し聴き取りにくい声だったが、どことなく嬉しそうに呟くクルシェ。

『おっ！　今のでプリケツのお主に対する好感度が大きく上がったぞ！　くくく、惚れるのも時間の問題じゃな』

何でそうなる。

だいたいクルシェは男だ。

『くく……』

おい何だよ、今の意味深な笑いは？

『何でもないのじゃ～』

午後からは実技の授業だった。

この学院では基本的に午前中は座学、午後は実技となっている。

実技の場合、座学の方とはまた違うクラス分けがなされていた。

生徒によって得意不得意があるわけだし、当然だろう。

貴族と平民の区別なく、こちらも全部でⅠ～Ⅴまでの五つのクラスに分けられる。

しかも上級生と合同だ。

ただしクルシェはⅠ、アリアはⅡ、そして俺はⅢのクラスとなってしまったので、残念ながら三人ともバラバラだった。

指定された訓練場に行くと、五十人ほどの生徒が集まっていた。

上級生がいるのだとしてもやけに人数が多いのは、クラスⅠとⅡが少数精鋭だからだ。

ちなみに武官になるには、最低でも卒業時にクラスⅢ以上にいる必要があるとか。

「この実技の授業では毎回かなり実践的なことを行う予定です」

教官が、主に加わったばかりの新入生に向けて説明してくれる。

上から三番目のクラスなので、新入生の数はせいぜい三分の一程度だが。

「本日は模擬戦をします」

どうやらいきなり最終試験のときのような一対一の模擬戦をするらしい。

定期的に行っているそうで、模擬戦の戦績次第ではすぐに上のクラスに上がることもできるとか。

「おい、おっさん、オレの相手をしろ」

不意に声をかけられたと思ったら、先ほど会った肥満体の少年、ゼオンだった。

こいつもクラスⅢなのか……偉そうな割には大したことないな。

というか、むしろあの体型でまともに戦えるのだろうか。

「ああ、いいぞ」

俺はすんなり了承する。

「ふん。お前、随分と自信があるようだな」

「まぁ、負ける気はしてないが……」

ゼオンは教官に向かって手を上げた。

「まずオレたちがやろう」

「分かりました。では早速、始めていただきましょう」

教官が頷き、訓練場の中央に出てくるよう促された。

「なに、さすがに殺しはしないから安心しろ」

ゼオンが不敵に笑い、そんなことを言ってきた。

10

ゼオンがようやく俺の前にやってきた。
自分から俺を模擬戦の相手に指定したくせに、随分と待たされてしまった。
というのも、ゼオンが防具を身につけるのに時間がかかってしまったからだ。
彼は今、分厚い全身鎧を着込んでいた。
フルフェイスの兜を被っているため、顔もよく見えない。
『うーむ。かなり重そうじゃが、あれで動けるのじゃろうか?』
ウェヌスが心配している通り、ゼオンの動きは非常に鈍かった。
元から太っていることに加えて、鎧が重すぎるのだろう。
ここまで歩いてくるだけでもなかなか大変だったくらいだ。
兜の向こうから、ふーっ、ふーっ、と荒い呼吸が聞こえてくる。
「じゅ、準備はいいですね?」
教官も「本当にそれでいいのか?」という顔をしていた。
生徒たちの注目が俺たちに集まっている。
どうやら一試合ずつ行い、それ以外の者たちは見学に回るらしい。

戦いを見るのもまた訓練の一環ということだろう。

「……さて、覚悟はできているんだろうな？」

「覚悟？」

「決まっている。オレの命令を拒んだことだ」

ふーっ、ふーっ、と相変わらず荒い息遣いでゼオンは言う。

「いや、無理しなくていいから早く試合を始めようぜ……」

教官も俺と同意見だったのか、「それでは、模擬戦を始めてください」と促してきた。

とりあえずウェヌスを抜いて構えてみる。

ゼオンの武器も剣だ。

……どうやって攻撃してくるのだろうか？

そのとき明らかに間合いの外だというのに、ゼオンが剣を振るった。

何を考えているんだと思っていると、直後、予想外のことが起こった。

いきなり刀身が伸びて襲いかかってきたのだ。

咄嗟に飛び下がって回避する。

「剣が伸びた？」

『ほう、なかなか面白い剣を持っておるのう。恐らく〈伸縮自在〉という特殊効果がついておるのじゃろうな』

ウェヌスが感心したように言う中、ゼオンの剣が鞭のようにしなり、再びこちらに迫りくる。

ゼオンはその場からまったく動いていない。

だが剣の柄を巧みに操作することで、伸縮する刀身が俺を攻撃してくるのだ。

「ははは！　どうだ？　なかなか便利な剣だろう？　こいつは鞭剣と言って、オレの意志で自在に動く。オレ自身が動かなくともな！」

『ああは言っておるが、操るのは簡単ではないはずじゃぞ。習熟するためにそれなりの練習が必要じゃろう』

なるほど。

さすがに騎士学院の上級生というだけのことはあるってことか。

「そしてこの特注の鎧だ。確かにかなりの重量ではあるが、ドラゴンの爪すらも防ぐほどの防御力を有している。お前のそのチンケな剣では傷一つ付けられないぞ。つまりオレはお前を一方的に攻撃することができるというわけだ」

『チンケじゃと⁉　これ、ルーカスよ！　あやつの装備を粉砕して、我の凄さを分からせてやるのじゃ！』

ゼオンに馬鹿にされて、ウェヌスが憤慨した。

まぁ見た目はほとんど普通の剣だからなぁ。

「はいはい。じゃあ試してみるか」

「なにっ？」

俺は地面を蹴り、一気にゼオンに肉薄した。

想定外の速さだったのだろう、ゼオンが息を呑む。

だが己の鎧に絶対の自信があるのか、

「ふんっ、無駄なことを――」

台詞を聞き終わる前に、俺は剣を振るってゼオンの背後へと抜けた。

「……はっ、やはりな。お前の剣では、どう足掻いても――」

パカッ。

「――この鎧には……へっ？」

それまでくぐもって聞こえていたゼオンの声が鮮明になった。

というのも、頭部を覆っていた兜が真っ二つに割れて、汗だくになった顔が露わになったせいだ。

「……普通に斬れたな」

『当然じゃ！』

ゼオン自身には傷一つ付いていていない。

それは俺が兜だけを切断するよう、繊細な調整をしたからだ。

そうでなければ、今頃は彼の頭が悲惨なことになっていただろう。

「な、な、な……？」

目を見開き、唇を戦慄かせるゼオン。

「ば、馬鹿な……？　い、一体何をした⁉　どんなトリックを使った⁉」

「いや普通に斬っただけだが」

「そんなことできるはずがない！　この兜はドラゴンの爪すら防ぐ特注品！　平民ごときでは手の届かぬ値段の高級武具なんだぞ⁉」

　そう言われてもな。

　それに高価な武具を破壊してしまったのは気の毒だが、全身が防具で護られている以上、まずその防具をどうにかするのは当然だろう。

『ドラゴンの爪を防ぐという謳い文句にしては、少々お粗末な防御力じゃったがのう。あやつ、もしかして鍛冶師に騙されたのではないか？　もしくは特注品というのは、あの頭や身体の大きさに合わせた点を指しておるんじゃないかの？』

　ははは、確かに普通の防具じゃ入りそうにないな。

　ウェヌスの指摘に、俺は思わず吹き出してしまった。

「何を笑っている⁉」

「あ、悪い悪い」

「くっ……ここまで愚弄されたのは初めてだ！　平民のくせにッ……もう、容赦はしないぞ！」

　ゼオンが剣を思い切り振り回し始めた。

　剣先の速度がどんどん加速していき、すぐに視認不可能な速さに。

　ひゅんひゅんという風を切り裂く音だけが聞こえてくる。

「ははは！　これでお前はオレに近づくこともできないだろう！」

　勝ち誇ったように笑うゼオン。

「どうした！　かかってくるがいい！　できるのならな！」

ゼオンが挑発してくる。

「……こ、怖いのか⁉　はぁはぁ……この臆病者が……！　はぁはぁ……な、ならばこっちから行くぞ！」

こちらに近づいてくるゼオンだが、やはり鎧が重いため、動きが遅い。

俺は彼に合わせて後退し、剣が伸びる範囲より外側を維持し続けた。

「そ、そんな臆病さでっ……ぜぇぜぇっ……将来、騎士が務まるとでもっ……ぜぇぜぇっ……」

非常に苦しそうだ。

そりゃあれだけの速さで剣を振り回してたらなぁ……。

鎧のせいで腕も重たいだろうし。

……とっとと終わらせてやるか。

「お、オレの領地のっ……ぜぇぜぇ……騎士たちならっ……ぜぇぜぇ……もっと勇敢にっ――

ぶっ⁉」

俺の蹴りがゼオンの顔面に突き刺さった。

その拍子に剣が彼の手からすっぽ抜ける。

回転しながら飛んできたので、傍観していた生徒たちが「ひっ⁉」「うおっ⁉」と叫びながら慌てて回避する。

「な、なぜっ……近づけ……」

「いや、だいぶ速度が落ちていたし」

「なんだとっ……」

鼻血を噴き出しながらよろめき、ゼオンは背中からその場に引っくり返った。

兜がないことが災いし、ガンッ、と思いきり後頭部を地面にぶつけてしまう。

「おい、大丈夫か？　……って、気絶してしまったか」

ゼオンは白目を剝いていた。

『うーむ……この男、もしかしてネタキャラかの？』

「言ってやるな。たぶん本人としては本気だったんだ」

第七章 レッドドラゴン

EPISODE 07

1

「そ、そんなことがあったんだ……」

ゼオンとの模擬戦のことを話すと、クルシェは複雑な表情で頷いた。

また自分のせいで迷惑をかけてしまったと思っているのかもしれない。

「あれで懲りてくれたらいいんだけどな」

「……貴族というのはプライドの塊みたいな人ばかりだから、かえって意地になっちゃうかもしれないわね」

と、アリア。

確かにあいつはそんなタイプの気がする。

「まぁその結果、対象がクルシェから俺に代わってくれるなら、それはそれでいいか」

「……ごめんね」

気にするな、と言っても人の良いクルシェのことだ。

たぶん無駄なのだろう。

というわけで、俺は彼に提案した。

「じゃあその代わりと言っては何だが、最初の実技の課題が発表されたんだ。それを手伝ってくれないか」

「あ、わたしもわたしも」

卒業のためには、それぞれの生徒ごとに出される個別の実技課題をクリアしていく必要があった。

その課題の難易度はレベル1からレベル10までの十段階あって、卒業するためには最低でもレベル8の課題を攻略しなければならないという。

一度にレベル1から3までの課題を出されたが、必ずしも1から順番にやっていかなくてもいいそうだ。

レベル3をクリアすれば自動的に1と2はクリア済となり、次はレベル4から6までの課題が与えられるとか。

「えっと、ルーカスくんのレベル3の課題、【火蜥蜴(とかげ)の鱗(うろこ)】というアイテムの入手だったら、セランド大迷宮に行けば達成できるよ」

いつものダンジョンか。

「第五層の火山フロアに棲息(せいそく)しているサラマンダーがドロップするんだ。アリアさんの方は……レベル3の【氷狼の毛皮・大】がアイスウルフからドロップするやつだね」

アイスウルフといったら、あの氷雪のフロアに出てくる魔物か。

第四層だな。

「だけど並みのアイスウルフじゃ大きなやつは取れないから、少なくとも群れのリーダークラスを倒さないといけないと思うよ」

なるほど。

「いずれにしてもあのダンジョンに行けば、二人ともレベル3がクリアできるってわけか」

「うん、そうだね」

レベル1から順番に……でも良かったのだが、レベル1の課題も2の課題も、リスクは少ないものの時間がかかりそうな内容だった。

これなら最初にレベル3をやってしまった方が早いだろう。

「クルシェもいるしな」

「い、一応、すでにレベル6までクリアしてはいるけど……」

「しかもソロでだろ?」

「……ちょっと無茶しちゃったけどね」

ユニットを組めない中、単身でレベル6までやり遂げたクルシェという大きな助っ人がいるのだ。

レベル3くらいなら楽勝だろう。

……もちろんダンジョンでは何が起こるか分からないので、楽観し過ぎてはいけないが。

そんなわけで、俺たちはセランド大迷宮の第四層へとやってきました。

「ガウガウッ！」『グルァッ！』『オオオンッ‼』

アイスウルフの群れが一斉に襲いかかってくる。

その数は二十頭を超えていた。

これまで遭遇してきた群れは、いずれもせいぜい五頭から六頭程度だったので、それを大きく凌駕（りょうが）している。

「任せて！　紅姫（べにひめ）！」

アリアが赤い刀身の剣を振るうと、迫りくる狼（おおかみ）目がけて炎の波が発生した。

「ギャウ⁉」『ギャンッ⁉』『オウン⁉』

あちこちから獣の悲鳴が轟（とどろ）く。

氷の狼にとって、炎は大きな弱点の一つだ。

群れは一気に大混乱に陥（おちい）った。

地面の雪で火を消そうと転げ回っているところを、すかさず俺とクルシェがトドメを指していく。

「ガルルルァッ！」

そのときだった。

小さく盛り上がった雪の影に隠れていたのだろう、突然、一回りも二回りも身体（からだ）の大きなアイスウルフが飛び出してきて、クルシェに躍りかかった。

こいつが群れのリーダーだろう。

「うわっ⁉」

押し倒されてしまうクルシェ。

だが接近戦は彼の十八番だ。

後方に倒れ込むその勢いを活かし、リーダー狼の腹部に強烈な蹴りを見舞った。

「ギャワン⁉」

クルシェの喉に噛みつかんとしていたリーダー狼だったが、あえなく雪の上に引っくり返った。

「はあああっ！」

そこへアリアが斬撃を叩き込み、鮮血が飛び散る。

ゴウッ、と遅れて炎が上がった。

しかし身体が炎に包まれながらも、まだリーダー狼の戦意は衰えていない。

素早く起き上りつつ距離を取ると、口からアイスブレスを吐き出そうとした。

「させるかよっ！」

それを阻止せんと、俺は横合いから突っ込んでいく。

刺突が巨体の心臓を捕えた。

「オオオオオオンッ‼」

断末魔の悲鳴を上げ、絶命したリーダー狼は灰と化した。

「ワウウウン！」「ワワワワン！」

リーダーがやられるのを目の当たりにし、まだ動ける狼たちが逃げていった。

アイスウルフは比較的臆病な魔物で、狩りが失敗に終わりそうだと分かると逃走してしまうことがあるのだ。

「大丈夫か、二人とも」

「ええ。クルシェは？」

「う、うん、ぼくも特に怪我（けが）はないよ。ちょっとびっくりしちゃったけどね。それより、ほら！」

クルシェが指差したのは、先ほどの体格の良いアイスウルフの灰だ。

その中に銀色の毛皮が落ちていた。

「うん、大きいね！　【氷狼の毛皮・大】に間違いないよ！」

どうやらこれでアリアの課題は達成できたらしい。

このダンジョンは階層ごとに大きくその様相を変える。

第一層は迷宮フロア。
第二層は森林フロア。
第三層は洞窟（どうくつ）フロア。
第四層は氷雪フロア。
第五層は火山フロア。

といったふうに。

だが同じフロアでも、その難度は決して一定ではない。

それは例えば魔物の数や強さだとか、罠の厄介さだとか、環境の過酷さだとか。

つまり場所によってムラがあるのだ。

先ほどのような大きなアイスウルフに出会うには、フロアの入り口付近では難しい。

かなり奥深くまで立ち入らなければならないのだった。

「安全地帯まで急ごう。この辺だと、一定時間ごとに猛吹雪になっちゃうから」

「それは避けたいな」

歩き辛い雪と氷の上を進み、やがて俺たちは安全地帯へと辿り着いた。

そこは氷の洞窟の中だった。

風がない分、比較的温かく感じる。

2

安全地帯に辿り着くと、テントを組み立てた。

今日はここで休む予定だ。

「さすがにここまで潜ってきている人は少ないみたいね」

アリアが周りを見渡し、白い息を吐く。

確かに第三層までの安全地帯には、もっと冒険者や攻略者たちの姿があった。

ここでもちらほらと見かけはするが、その数はずっと少ない。

「それだけ第四層が難関だってことだろうな。寒いし」

「……あっ、そろそろ焼けたかな？」

俺たちは焚火を囲んで食事を取っていた。

串に刺して焼いているのはソーセージ。

燻製しているため、ある程度は保存が利く。

あまり長期の遠征となると厳しいが、数日ダンジョンに潜る程度なら非常にありがたい食材だった。

「……とは言え、さすがにこんなに大量に持ってきてる奴は初めて見たけどな」

「うっ」

ソーセージの数は十本や二十本ではない。

クルシェはいつも俺たちの倍以上の荷物を持ち運んでいるのだが、その中身の大半は食糧なのだ。

「だ、だって……食糧は学院からタダで支給してもらえるし……。それにアリアさんの剣があれば、幾らでも火を起こせるから……」

「調理器具じゃないわよ？」

「わ、分かってるよぉ」

確かに〈炎熱支配〉の【固有能力】を持つアリアの紅姫は便利だ。

普通、火を起こすには専用の魔導具か、発火石を使わなければならない。

だが魔導具は高価なのでさすがにこの学院も全員に支給することはできず、発火石は硬い岩などに打ちつけると燃え出す石のことだが、火はすぐに消えてしまう上に使い捨てだ。

その火を絶やさないため、どこかで乾いた木材を手に入れてこなければならない。

ここのような雪と氷に覆われた階層では、それも一苦労である。

その点、紅姫があれば濡れた木を乾かすことすらできるので、こんな場所でも火起こしに困ることはない。

ぱりっ、と良い音を立てながら、クルシェがソーセージに齧りつく。

「ん～～、美味しい～～」

幸せそうだ。

『脂でつやつやした唇がエロいのう』

なに言ってんだお前は。

ふと、アリアが小さな声で呟いた。

「……お風呂に入りたいわね」

気持ちは分かる。

幾らこの極寒の中でも、ここまで来るのにかなり汗を掻いたからな。

だがここはダンジョンだ。

さすがにそんな贅沢なものはない。

できることと言えば身体をタオルで拭いて、新しい服に着替えることくらいだろう。

そう諦めていると、クルシェがなぜか少し躊躇いがちに切り出したのだった。

「……一応、あるにはあるけど……」

「えっ、あるのか？」

◇◇◇

安全地帯からそう離れていない場所にそれはあった。

「すごい！　これってもしかして温泉じゃない……っ？」

湯気の立つその池を見て、アリアが目を輝かせた。

実際に近づいて手を入れてみると……確かに温かい。

「何でこんなところにお湯が沸いてるんだ？」

「ぼくにも分からないよ。だけど、たぶんすぐ下の階層が火山フロアになってるから、その影響なんじゃないかとは思う」

どういう理屈かは分からないが、下層で温められた湯が湧き出してきているらしい。しかも人が入るのにちょうど良い温度なのだとか。

最初にアリアが入ることになった。

俺とクルシェは少し離れた場所で待機だ。

「おいこら、どこ行こうとしてる？」

「我もアリアと一緒に入りたいのじゃ〜っ！」

「魔物が現れたときどうするんだよ」

ウェヌスが勝手に人化してアリアについていこうとしやがったので、首根っこを摑んで阻止した。

このエロ剣め。

「あれ？　今なんか、子供の声が聞こえなかった？」

「き、気のせいだろ」

クルシェが向こうを向いているときでよかった。

俺は乱暴な手つきで、再び剣化したウェヌスを鞘の中へと突っ込んだ。

『……仕方ないのう。アリアの裸はレプリカを通して見るとするか。ぐへへへ……』

『んなこともできるのかよ……』

しばらくして、すっきりした様子のアリアが上がってきた。

濡れた髪に上気した肌。

風呂上りの女性って、三割増しで綺麗に見えるよな……。

もちろんアリアは元から美少女だが。

「お先。良い湯加減だったわ」

「次は俺らの番だな。行こうぜ、クルシェ」

「……う、うん」

◇◇◇

「あー、良い湯だぁ〜、極楽極楽……」

『おっさん臭いのう』

ほっとけ。

てか、実際おっさんなんだから仕方ないだろ。

疲れた身体が癒されていく。

外気が寒いお陰でかえって気持ちいい。

まさかダンジョン内にこんなところがあったなんて。

ここに辿り着く難度がもっと低ければ、人気のスポットになっていたかもしれない。

ちなみに万一に備え、俺はウェヌスをタオル代わりに頭の上に乗っけていた。

『ぐぬぬ……温泉にすら入らせてもらえぬとは、ちょっと我の扱いが酷くないかのう？』

ちょっとした池ほどの広さがあるため、余裕で泳ぐことができそうだ。

だがこの付近は浅いが、遠くに行くと足がつかなくなるほど深くなるらしく、水中に魔物がいる可能性もある。

あまり奥の方には行かない方が賢明だろう。

「にしても、クルシェ遅いな？」

先ほど服を脱ぐ際、「さ、先に行ってて！」と言われたのだが、一体何をしているのだろうか？

『お、噂をすればなんとやらじゃ。来たぞ』

湯煙の向こうに人影が見えた。

なぜか少し恥ずかしそうに頬を染めながら、身体にバスタオルを巻きつけたクルシェが湯の中へと入ってくる。

そんなふうに身体を隠されるとかえってこっちまで恥ずかしいんだが……。

しかもこちらに背を向けながらしゃがみ込もうとするので、俺はタオル越しでも分かるほど美しい彼の臀部から目を離すことができなかった。

股間に熱が集中していく。

いやいやいや、だからあれは男だ。

ぷりぷりしてても男のケツだ。

そう自分に言い聞かせながら、懸命に頭から煩悩を追い払おうとする。

……にしても。

あれだけの怪力の持ち主だというのに、クルシェの四肢はすらりとしていて肩幅も狭い。

そして健康的に日焼けした肌は瑞々しくて、全体的に女性的な丸みを帯びていた。

「ふわぁ～、確かにいいお湯だねぇ」

ようやくこちらに向けてきた彼の顔が、ふにゃりと溶けるように弛緩する。

可愛い……。

男とか女とかもはや関係ないんじゃね可愛ければ？　などと、逆上せ気味の頭のせいで、とんでもない方向へと思考が向かいつつあった、そのときだった。

「わっ、ペンギンだ」

クルシェの声に視線を転じると、一匹のペンギンが氷の上を歩いていた。

よちよち歩きで湯船まで近づいてくる。

「ふふふ、ペンギンも温泉に入りに来たのかな？」

楽しげに笑うクルシェ。

そして無防備にペンギンの方へと近づいていった。

そのとき、ふと俺の胸を嫌な予感が掠めた。

一見すると可愛らしいペンギンだが、もしかしたら危険な魔物かもしれない。

なにせ、ここはダンジョンの中なのだ。

「クルシェ！　気をつけろ！　そいつは魔物かもしれない！」

ウェヌスを手に、俺は慌てて彼の下へと駆け寄った。

「えっ？」

と振り返った彼の顔が驚愕に染まった。

「〜〜〜〜〜〜〜〜〜〜〜っ！！？？？」

3

愕然としたように目を見開いたクルシェは、湯に浸かったまま俺から逃げていく。

「こここここっ、こっちに来ないで……っ！」

「クルシェ！　危ないぞ！」

「ひいいいいっ⁉　だから来ないでって言ってるよねぇぇぇっ⁉」

直後、ペンギンが牙を剝いて彼に襲いかかった。

やはり魔物だったか！

「わっ⁉」

だがクルシェが驚いて手で払うと、それがペンギンの頰を叩いて吹っ飛ばした。

「キュゥ……」

一撃で倒され、灰と化すペンギン。

……お、おう。

『どうやら雑魚だったようじゃな』

と、ウェヌス。

「何にせよ、気をつけないとな」

「……」

「ん？　どうしたんだ、クルシェ？」

「………ななな何でもないよっ」

なぜかクルシェは向こうを向いたまま、こちらを振り向かない。

しかしさっきは何であんなに驚いていたんだろうな？

って、まさか、これのせいか……？

己の下半身へと視線を向けてみて、俺はようやく自分の身体の状態に気づく。

九割ほど勃起していました。

お、俺は男の身体に興奮してしまったというのか……。

いや、それより。

もしかしてクルシェは、このせいで俺に男色の気があるのではないかと勘違いしてしまったのではないか。

だからこっちに来ないでくれと、あんなに慌てて……。

……どうやって誤解を解くか、この後、俺は真剣に考えたのだった。

ぼく、初めて男の人のアレを見ちゃった……。

まさか、あんなに大きいなんて！

しかも天を突くように起き上ってたし！

想像を遥かに超えてて、ぼくびっくりしちゃった……。

でも、あれじゃあズボンの中に収まらない気がするんだけど……そういうものなのかな？

◇◇◇

「……い、いよいよ次からまた新しい環境のフロアだね。こっちもなかなか過酷だよ？　火山フロアって呼ばれてる」

安全地帯での仮眠を終え、俺たちは出発しようとしていた。

「どちらかと言うと寒いより暑い方がいいわ」

「だな」

冬になると夏が恋しくなるように、今の俺たちは暑さを欲していた。

個人的にも寒いより暑い方が好きだしな。

だが第五層に足を踏み入れた俺は、その考えがいかに甘いものだったかをすぐに痛感させられることとなった。

「……なんだ、ここは……」

思っていた以上にずっと暑い。

お陰で先ほどから汗が一向に止まらない。

ごつごつとした岩場が続き、その所々で溶岩が流れる極悪の環境。

少し歩いただけで体力がごっそり奪われてしまう。

「この階層、気温は常に四十度を超えているからね」

「マジか。てか大丈夫なのか、クルシェ？」

「う、うん。ぼくは暑いのに慣れてるし」

そう言いつつも、額（ひたい）の汗を拭（ぬぐ）うクルシェ。

ずっと大きな荷物を背負って歩いていることもあって、俺たち以上に汗を掻いていた。

男にしてはやや長めの髪の毛が頬や首筋に張り付き、シャツもびっしょりと濡れていて……何というかとてもエロい。

……って、いかんいかん、こいつは男だ。

やばい、熱さで頭がぼーっとしてきたかも……。

俺がそんな状態だと言うのに、アリアの方も平然としている。

彼女の場合、〈炎熱支配〉によって熱を防ぐことができるからだろう。

『お主（ぬし）も炎熱に対する耐性力が多少は強化されとるはずなんじゃがのう』

これでも耐性がある方なのか。

「そう考えるとクルシェの体力は異常だな……」

筋力や体力などの面において、クルシェは常人離れしている。

同じ人間ではないかのようだ。

この世界には「獣人」といって、獣の特徴を有している一族も存在している。

単に外見的なものだけではなく、大猿のような怪力だったり、猫科の瞬発力だったり、あるいは犬科の嗅覚（きゅうかく）や聴覚だったりと、人間離れした能力もあると聞く。

だが彼には獣耳もなければ尻尾もないし、牙も生えていない。

少なくとも彼は見た目の上では変わったところがなさそうだ。

……男にしては随分と可愛い顔をしているという点を除けば。

それはそうと、昨日の一件以降、俺とクルシェの関係はずっとギクシャクしている。

「ねぇ、何かあったの？　二人とも何だか変な感じだけど？」

「な、何でもないぞ」

「……う、うん！　何でもないよ！」

「ならいいけど……」

アリアは腑に落ちないと言った様子で首を傾げている。

だが腑に落ちないのは俺も一緒だ。

男色疑惑を解こうと、俺はクルシェに対して幾つかの作戦を決行したのだ。

その一つが、

――クルシェ、女の子の裸って見たことあるか？

彼くらいの年齢の男子ならば皆、性欲旺盛で女子の身体に興味津々なはず。

俺の理想としては、これにクルシェが乗ってきて、二人でエロい話に興じつつ男色の誤解が解かれていく……というものだったのだが。

――ふ、ふぇっ⁉

なぜかクルシェは顔を真っ赤にして、腕で身体を隠しながら後ずさった。

どうやらクルシェはこの手のことにまったく耐性がないらしい。

だが、さすがに異性への興味がないなんてあり得ない。

今まで誰かと話をする機会がなかっただけだろう。

そう思って、俺は人生の先輩として色々と教えてあげようとしたのだが、

――ば、ばかあああっ！

初めて娼館に行ったときのことを話し始めると、なぜか彼は泣きながら逃げて行ってしまったのだった。

なぜだ？

もしかして彼にはまだ早かったのかもしれない。

「……それとも、クルシェこそ〝あっち〟なのか……？」

俺はハッとする。

だとすれば、俺と一緒に温泉に入ることを躊躇っていたことにも説明がつく。

ま、まさか、な……はは、ははは……。

『お主、阿呆じゃとは思っていたが、やっぱり阿呆じゃのう』

『何でだよ？』

『くくく、詳しくは言えぬわい。だってこのままの方が面白そうじゃからのう』

ウェヌスの意味深な笑いが無性に気になった。

「ぜ、ゼオンさん、マジでやるつもりっすか……？」

「当然だッ……。このオレを怒らせたこと、絶対に後悔させてやる……」

「どうなっても知らないっすよ……」

◇　◇　◇

サラマンダーという蜥蜴（とかげ）の魔物を探し、俺たちは第五層を探索していた。

「あっ、いたよ」

クルシェが指差す方向に視線を向けると、岩壁に貼（は）りつく赤い鱗の蜥蜴の姿があった。

大きさは俺の腕くらいだろうか。

「おお、あいつか！　って……」

しかし俺たちを見るや否（いな）や、岩の隙間（すきま）へと逃げ込んでしまった。

「あはは……サラマンダーは臆病だからね」

かなり脆弱（ぜいじゃく）な魔物らしいが、だからこそ警戒心が強く、サラマンダーを倒して得られる【火蜥蜴の鱗】はそう簡単には手に入らないようだ。

「ウキィッ！」「キキキッ！」「キィッ！」

半面、フレイムエイプという好戦的な猿の魔物は次々と現れる。

全身の毛が炎に包まれている猿たちは、アイスウルフと同様に徒党を組んで襲いかかってくるから厄介だ。

とは言え、火や熱を操れるアリアは、火猿に囲まれても涼しい顔で剣を振るっている。

俺はできる限り距離を置きつつ、衝撃波を飛ばして応戦した。

「クルシェ、無理をするな。素手でこいつらを相手にするのは厳しいだろ」

「え？　全然平気だけど？」

メラメラと毛が燃え滾る猿を、クルシェは剥き出しの拳で殴り飛ばしていた。

まったく熱がる様子はない。

「お、おう、確かに平気そうだな……」

一体どういう身体をしているのだろうか。

フレイムエイプの群れを倒しつつ進んでいくと、不意にクルシェが立ち止まった。

「どうしたんだ？」

「えっと……知ってる？　ダンジョンには〝ボスモンスター〟と呼ばれる魔物が棲息してるってこと」

「ああ」

そのダンジョンで出現する他の魔物と比べ、遥かに危険で強力な魔物。

それらは総称して〝ボスモンスター〟となど呼ばれ、恐れられている。

ダンジョンによっては最奥に一体だけ、というケースも多い。

だが、この迷宮には各階層に一体ずつボスモンスターがいると聞いている。

当然ながらいずれも強敵揃いで、基本的にはその棲息域を避けて通るべきだと言われていた。

「この道を進んでいくと、そのボスモンスターがいるらしいんだ」

緊張の面持ちでクルシェが教えてくれる。

「ヤバイ奴なのか？」

「えっと、確か、レッドドラゴンだって……」

以前、俺とアリアが協力して倒したワイバーンよりも強力なドラゴンだ。

危険度は最低でもBの最上位。

個体によってはA以上に指定されることもあるという。

もし地上で発見されると、大規模な討伐隊が結成されることだろう。

「倒せなくもないと思うけど……今はやめておいた方がよさそうね」

「そうだな。今回はあくまで【火蜥蜴の鱗】を手に入れるための探索だし、ボスに挑むのなら万全を期して相応の準備をして臨むべきだろう」

「うん、ぼくもそう思うよ」

そう頷き合ったときだった。

「オオオオオオオオオッ！！！」

突如として轟いた大音声の咆哮。

恐る恐る視線を転じると、向こうから巨大な生き物が近づいてきているのが見えた。

「レッドドラゴン……⁉」

真紅の鱗に覆われたその全長は、軽く十メートルを超えている。

口腔に並ぶ牙はあまりにも太く鋭く、人間の身体など軽く嚙み千切ってしまえるだろう。

「嘘……っ⁉　何でこんなところに……っ？　レッドドラゴンの巣はもっと奥のはずじゃ……！」

クルシェが悲鳴を上げる。

「見て！　誰か追いかけられているわ！」

アリアが指摘する通り、レッドドラゴンのすぐ手前を走る三人組の姿があった。

殺意を撒き散らしているレッドドラゴンから、必死に逃げようとしているらしい。

「うおおおおっ⁉　やばい！　これはマジでやばいっすよ⁉」

「ぐだぐだ言ってないで早く走れっ！」

「てか、そういうゼオンさんが遅すぎるんですけど⁉」

「おいこら、名前を呼ぶな！　あっ、お、オレを置いて行くんじゃない！」

フードを被っているため誰だか分からなかったのだが、今のやり取りであっさり特定できてしまった。

いや、最後尾を走っている奴の体型が体型なので、正体は簡単に予想がついたが。

クルシェも察したらしく、

「ゼオンくん⁉　何をしてるんだい⁉」

「ほら見ろ！　バレたじゃねぇか！　いや、もはやそんなことはどうでもいい！　はははっ、この平民ども！　げほごほっ……」

ゼオンは盛大に咳き込んだ。

走りながら大声を出すからだ。

「王女殿下にっ……ぜぇぜぇ……平民の分際でっ……ぜぇぜぇ……近づきっ……」

あんまり無理するなよ。

「あまつさえ、貴族であるこのオレをっ……ぜーはーっ……侮辱したことっ……ぜーぜーっ……こ、ここで後悔させてやるっ……！」

どうやらそのためにあのレッドドラゴンを引っ張り出してきたらしい。

しかしどうやって俺たちがここに来ることを事前に知ったのか。

「幾ら何でもこれはやり過ぎだろう」

「それに自分たちまで危険に晒しているし……」

そのときレッドドラゴンの長い喉首が大きく盛り上がった。

「ひいいいっ⁉　ぶ、ブレスがくるっす……っ！」

「はっ、狼狽えるな！　何のためにわざわざ〈炎熱耐性〉のついたマントを身につけてきたと思ってるんだ！」

「そ、そうですよね！　これがあれば――」

次の瞬間、レッドドラゴンが吐き出した炎が、怒濤のごとく押し寄せてきた。

「「「――ぎゃあああああああああっ⁉」」」

彼らの悲鳴が響き渡る。

火炎放射が過ぎ去った後には、全身が黒焦げになった三人組の姿があった。

だがそのマントのお陰で一命は取り留めたようだ。

ただしマントはボロボロで、もはや次の一撃は防げそうにない。

一方、俺たちも炎に巻き込まれてしまったが、まったくの無傷。

アリアが紅姫で炎を完璧に防いでくれたのである。

「な……なぜお前らは平気なんだ⁉」

髪の毛がチリチリになったゼオンが怒鳴ってくる。

『こやつ、やはりネタキャラじゃったみたいだの』

ウェヌスの呆れ声が聞こえてきた。

5

まさか自らの炎の息を完璧に防がれるとは思わなかったのか、レッドドラゴンは「マジかよ？」

という顔をしていた。

「こうなったら戦うしかないな」

「そうね」

「う、うんっ。確かレッドドラゴンは一度ブレスを吐いたら、しばらくは出せなくなるはずだよっ！」

「なら、今のうちに一気に叩くぞ」

さっきは一塊になっていたからこそ、アリアの紅姫に護られて助かった。

だがバラけている状態で吐き出された場合は危ない。

今がチャンスだ。

黒焦げになったゼオンたちの脇を走り抜け、レッドドラゴンへと突撃する。

「オアアアアッ！」

先頭で突っ込んでいったクルシェへ、レッドドラゴンが前脚を振り下ろした。

「っと！」

鋭い爪撃を咄嗟に躱したクルシェは、空振りに終わったレッドドラゴンの前脚を掴むと、

「でやぁぁあっ！」

なんと豪快に投げ飛ばした。

「ッ⁉」

巨体が宙を舞い、背中から地面へと叩きつけられる。

その衝撃で足元が揺れた。

おいおい、相手の力を利用したとは言え、レッドドラゴンを投げるとか、どんな怪力だよ。

驚嘆しつつも、俺は地面を転がる炎の竜へと躍りかかった。

その長く伸びる首へウェヌスを叩きつける。

「……さすがに硬いなっ」

「アアアアアッ⁉」

首を斬り落とすつもりで振るった渾身の一撃だったのだが、竜種特有の硬い鱗に阻まれ、それは叶わなかった。

それでも鱗を裂いて、ある程度の傷を与えることには成功した。

血を盛大に噴き出し、レッドドラゴンは痛みのあまり暴れ回る。

出鱈目に振り回される牙や爪を、俺は咄嗟に飛び下がって回避した。

「大人しくしてなよ！」

「～～～ッ⁉」

クルシェの蹴りが後頭部に叩き込まれ、レッドドラゴンは顔面から地面に激突。

そこへすかさず俺が斬撃を見舞う。

「す、すげぇ……ボスモンスター相手に……」

「まさか押してるっす……？」

ゼオンの手下二人の呟く声が聞こえてきた。

だが、さすがはボスモンスターだ。

二度も神剣で斬りつけたというのに、まだ死んではいない。

「っ！　翼をっ……」

レッドドラゴンは背中の翼を大きく広げたかと思うと、はためかせ始めた。

周囲に暴風が発生し、それだけで吹き飛ばされそうになる。

気づけば炎竜はその巨体を宙へと浮き上がらせていた。

「まずいっ……これじゃあ攻撃が届かないよっ！」

直後、レッドドラゴンが猛スピードで滑空してきた。

咄嗟に身を伏せたすぐ頭上を、鋭い後脚の爪が擦過していく。

「どうする……？　剣を投げつけて……いやさすがに無理か？」

『これ、我を投げたりなんかしたら承知せぬぞ？』

こちらから攻撃する手段がない。

アリアの紅姫なら炎を塊にして飛ばすこともできるのだが、相手は火や熱を完全に無効化するレッドドラゴンだ。

そのときブレスのチャージが完了したのか、レッドドラゴンが再び喉元を膨れ上がらせた。

「二人ともわたしの後ろに……っ！」

アリアが素早く駆け寄ってくる。

「っ！　クルシェ⁉」

だが何を思ったか、クルシェが単身で俺たちの傍から離れていく。

「このままだとゼオンくんたちが……っ！」

どうやら〈炎熱耐性〉のマントを失った彼らを助けようとしているらしい。

この状況は彼らの自業自得だ。なので放っておけばいいのに……とは思うが、それができないのが彼の性格なのだろう。

「大丈夫！　ぼくの身体は普通の人よりもずっと頑丈だから……っ！」

クルシェは彼らを庇うように立ち、叫んだ。

「「「なっ」」」

その意図を悟り、ゼオンたちが息を呑む。

あろうことか、レッドドラゴンの炎を自らの身体で受け止めるつもりなのだ。

確かにクルシェは常人離れした身体の頑強さを持っている。

筋力や体力もさることながら、打たれ強さも相当なものだ。

火や熱への耐性もあるのか、このフロアに出没する敵の火の息を受けても、軽い火傷になる程度。

だからって、まともに浴びたら無事でいられる保証はない。

「……させるかよっ！」

俺はウェヌスを大きく振りかぶると、

『ちょっ、お主っ、まさか本当に――――』

「おらあああっ！」

『――投げおったぁぁぁっ⁉』

全力で投擲した。

ブレスを放つため、レッドドラゴンはその場に滞空しており、しかも口を大きく開ける必要があった。

ゆえに。

神が造りし剣は、今まさに炎が飛び出さんとしていたその口腔の中へと真っ直ぐ飛び込んでいった。

「～～～～～～～～ッッッ⁉」

炎竜を保護する硬い鱗も、さすがに口内まではカバーし切れていなかったのだろう。

ウェヌスは見事に喉の奥へと突き刺さった。

予想外の激痛に驚いたレッドドラゴンは、天へとブレスを吐き出してしまう。

そしてこちらに背を向けると、逃げるように去っていった。

少し遅れて、打ち上げられた炎が雨のように降り注いでくる。

カラン、と音が鳴った。

ブレスと一緒に吐き出されたのだろう。ウェヌスが落ちてきたのだ。

「……ふう。どうにか追い払うことができたな」

一か八かの賭けだったが、上手くいってよかった。

『おいこら！　投げるなと言ったじゃろうに！』

「悪い悪い。けど、あれしかなかっただろ？」

もしあのままブレスを放たれていたら、クルシェは大ダメージを負っていたに違いない。

『ぐぬぬ……っ！』

ウェヌスもそれが分かっているのか、反論できずに悔しがる。

『ならば、クルシェのプリケツに顔を埋めさせてくれるなら許してやろう！』

それは本人の許可が必要だぞ？

6

「……ったく。幾ら頑丈だからって、さすがにあれをまともに浴びていたらタダじゃすまなかったぞ？」

「そうよ。あなたが身を挺する義理なんてないでしょうに」

「だ、だって……」

俺とアリアから問い詰められ、クルシェは申し訳なさそうに縮こまる。

「なんでっ……なんでオレたちを助けようとしやがった……っ！」

声を荒らげたのはゼオンだ。

「間抜けなオレたちを憐れみやがったのかっ、平民の分際で……っ！」

どうやら間抜けという自覚はあったらしい。

……ていうか、

「うるせぇ、お前に文句を言う権利なんかないだろ、デブ」

「ぶぎゃっ⁉」

おっと。

イラっとして思わず出っ張った腹を蹴ってしまった。

「お、お前っ⁉　平民のくせに、伯爵（はくしゃく）家のオレを足蹴にしや――ぶごっ⁉」

「黙れ、デブ」

今度は顔面を蹴ってやった。

「次はどこを蹴ってほしいんだ？　あ？」

「ひっ……」

「レッドドラゴンを誘（おび）き寄せて、俺たちに擦（なす）りつける。どう考えても嫌がらせのレベルを超えてるだろ？」

「ち、違っ……こ、殺す気などなかった……っ！　頃合（ころあ）いをみて、加勢して助けてやるつもりだったんだ……っ！」

「その弱さで？」

面と向かって「弱い」と断言され、デブ――じゃない、ゼオンは悔しげに顔を歪（ゆが）めた。

「とりあえずこの件は王女様の耳に入れておくか」

「「「な⁉」」」

ゼオンたちは一斉に真っ青（まさお）になった。

「そ、それだけはっ……それだけはやめてくれっ！」

涙目で必死に訴えてくる。

クルシェに熱を上げている王女様のことだ。

「きっと大層お怒りになることだろうな？」

「ひぃっ」

脅しが効いたのか、それからゼオンたちはすっかり大人しくなり、洗いざらい、というか、赤裸々に話してくれた。

どうやらゼオンは昔からフィオラ王女に強い好意を抱いていたらしい。

騎士学院に入学し、憧れの彼女と同級生になれたときは天にも昇る気持ちだったという。

できれば彼女と一緒のユニットに入りたい。

だがそこに加入が許されたのは、王家が認め、身分と実力の双方を兼ね備えた者たちだけ。

あのマリーという少女もその一人だとか。

伯爵家の次男であるゼオンは身分こそ条件を満たしている（と本人は思っている）が、しかし実力が足りなかった。

それでも諦めず、どうにか王女に認められるだけの男になろうと必死に努力していたとき
――そこへ現れたのがクルシェだったという。

平民のくせに王女に見初められ、直々にユニットへの加入を誘われるクルシェ。

ゼオンはその存在が我慢ならなかったという。

「つまり、ただの嫉妬ってことか」

平民だからとか、不敬だからとか、そういうのは後づけに過ぎず、単に恋敵を憎んでいたってこ

とだな。

「小さい男ね」

「うぐっ」

アリアにばっさり切り捨てられ、ゼオンは頬を引き攣らせた。

「で、どうやって俺たちがここにくるって調べたんだ？」

「そ、それは……教員室に侵入して、どんな課題なのかを確かめて……」

わざわざそんなことまでしたのか。

「……やらされたのは俺っすけど」

手下の一人が不満げにぼそっと呟く。

「それで、お前たちならレベル3から始めるだろうと、当たりをつけて……」

すでにレベル6をクリアしているクルシェがいるわけだし、そう推定するのは自然だろう。

実際、俺たちはレベル1と2の課題を飛ばしたしな。

「ということだそうだ。……どうする、クルシェ？」

「え？」

クルシェはキョトンとしている。

「こいつらの処遇についてだよ。今ここで死ぬほど痛い目に遭わせて懲らしめるか、学院に報告するか、それとも王女様に告げ口するか」

「あ、いや……ぼ、ぼくは別に、そんなつもりは……」

……ほんと、さすがに人が好すぎるだろう。

俺は苦笑した。

「まぁ、クルシェがそう言うなら仕方ないか」

ゼオンたちはホッと安堵の息を吐いている。

「……だが、次また何かしてきたら、クルシェは許しても俺は許さないからな？　覚悟しておけよ？」

俺が睨みつけると、彼らは再び顔を青くしてブンブンと首を縦に振った。

「あ！　それはそうと、これ、よかったら……」

レッドドラゴンのブレスのせいで少し焦げてしまったバッグの中から、ゼオンの手下の一人が何かを取り出す。

【火蜥蜴の鱗】だった。

「皆さんを待ってる間に、偶然、見つけて倒したらドロップして……」

どうやらくれるらしい。

ありがたく受け取っておくことにした。

結果的にこれで俺もレベル3の課題を達成することができたため、すぐに地上へと戻ることになった。

ゼオンたちも帰還するという。

さすがに一緒には帰らなかったが。

その道中のことだ。

ふとクルシェが立ち止まったので、何事かと思っていると、

「……今回はどうにかなったけど、これからまた似たようなことがあるかもしれない」

そう切り出されて、俺は部屋に投函されていた手紙のことを思い出す。

先ほどこっそりゼオンに訊(き)いてみたが、それについては覚えがないそうだ。

今さら嘘は吐かないはずだし、あれを書いたのは別人なのだろう。

つまり、クルシェのことをよく思っていないのは、ゼオンだけではないということ。

「ぼくとユニットを組んでいると、二人にも危険が――――ぶっ⁉」

俺がクルシェの両頬を挟み込むように叩くと、パチン！　と良い音がした。

「あにふるのはっ⁉　（何するのさっ⁉）」

目を白黒させるクルシェへ、俺は言ってやった。

「前にも言っただろ？　そんなこと気にするなって」

「……ルーカスくん……」

そう言えばまだ〝暫定(ざんてい)〟という感じだったっけ。

俺はアリアと頷き合った。

どうやら彼女も同じ気持ちらしい。

せっかくの機会だし、ここではっきりとさせておこう。

「〝正式〟にユニットを組もう、クルシェ」

「……うん」

「だからこれからもよろしくな」

「あ、ありがとうっ」

クルシェは少し目尻(めじり)に涙を浮かべながら喜んでくれた。

◆エピローグ◆　クルシェの悩み

お母さん、お姉ちゃん、お元気ですか？

ぼくは元気だよ。

実はやっと新しいメンバーとユニットを組むことができたんだ。

……ぼくのせいで色々と迷惑をかけちゃったけど……でも、そんなことまったく気にしていなくて。

彼らとだったら、これからも一緒にやっていくことができるかもしれない。

でも、一つだけ大きな問題があって……。


——二人がテントの中で怪しい行為を始めるんだけど、ぼくはどうしたらいいんだろう⁉


「クルシェ。……まだ起きてるか？　…………………寝たようだな」

それは、そんなふうにぼくが寝てしまったのを確認した後に始まるんだ。

……実は寝たふりをしているだけなんだけどさ。

しばらくして、聞いているだけで何だか変な気持になっちゃう水っぽい音が鳴り出す。

くちゅくちゅ、くちゅくちゅ。
時折「んぁ」なんていう悩ましげな声も漏れ聞こえてきたり。
一体この二人は何をしているんだろう？
ぼくは怖くて後ろを振り返ることができない。
……でも、ある程度の推測はついている。
ぼくだっていつまでも子供じゃないからさ。
ま、まだ経験はないけれど……それくらいの知識はある。
きっと二人は〝男女の営み〟というヤツをしているんだと思う。
もちろん二人が普通の仲じゃないってことには最初から気づいてた。
もしかしたら恋人同士かも、と。
だけど……。
何もこんなところでしなくてもいいよね!?
ほんと勘弁してよ！　気になってなかなか寝れないじゃないか！
あうぅ、なんか身体が熱くなってきちゃった……。
息が荒くなって、ちょっと苦しい。
ぼ、ぼく、興奮しちゃってるのかな……？
気がつくと、ぼくは我慢できなくなって秘かに下着の中に手を忍び込ませていた。
うわ……濡れちゃってる……。

しっとりと湿ったそれをぼくは指先で弄ぶ。

ビクビクッ！

全身を駆け抜けた刺激に、身体が痙攣したように震えた。

「……んっ」

あっ、ダメだってば！

何でぼくまで声を漏らしちゃってるんだよ⁉

いけないと思いつつも、ぼくは指の動きを止めることができない。

ぬめぬめとした汁が指に絡みつきながら流れ落ち、下着が汚れていく……。

結局この後、背後の音が聞こえなくなるまで、ぼくは自分の繊細な部分を触り続けてしまった。

◆書き下ろし短編◆
Side アリア

わたしの名はアリア＝リンスレット。

剣聖と謳われた英雄アルス＝リンスレットの子孫にして、王族の剣術指南役を務めるアレン＝リンスレット侯爵の娘——だった。

過去形なのは、お父様が無実の罪で処刑されて、領地を失ってしまったから。

お母様はわたしを含めた三人の子供を連れ、実家に身を寄せることになった。

そこでの生活は辛くて苦しいものだったわ。

親族たちはわたしたちのことを決してよく思わなかった。

わたしたちはお父様の無実を信じていたけれど、彼らはそうじゃなかった。わたしたちを罪人の妻と子供だとして強く非難し、蔑み、疎んじた。

中には「父親と一緒に死んでいればよかったのに」なんて、酷い罵声を浴びせてくる人もいたわ。

お母様の実家は地元では有名な大商家だったけれど、わたしたちは狭い小屋のようなところでの生活を余儀なくされ、食べるものや着るものにも不自由する日々だった。

それでもわたしは剣の修行を怠らなかった。

いつかこの剣で成り上がって、お父様の名誉を回復してみせようと、そう誓っていたから。

けれどあるとき、わたしを奴隷商に売り払おうという話が上がってきた。

そんなの絶対に御免だった。

だからわたしは真夜中に家族に別れを告げ、旅立った。

ほとんど無一文。

だけど幸い、わたしには剣があった。

王立の騎士学院へ入学しようと考えた。

そこは平民にも門戸が開かれていて、試験に合格しさえすれば入学費用は一切かからない。

しかも在学中は生活が保障されるとなれば、今のわたしにとってこれ以上ない環境。

そして騎士学院のある王都へと行く途中のことだったわ。

彼と運命の出会いを果たしたのは。


乗合馬車での旅は順調に進み、あと少しで王都に到着するという頃。

不運なことにワイバーンに襲われてしまった。

護衛の冒険者たちが早々に逃げていく中、わたしは迷わなかったわ。

騎士としての誇りに突き動かされ、ワイバーンに斬りかかっていた。

けれど安物の剣はその硬い鱗を前に、ほとんどダメージを与えることはできなかった。

ただワイバーンの攻撃を避け、皆が逃げる時間を稼ぐことしかできない。

そのときただ一人、加勢として駆けつけてくれたのが彼だった。

驚くべきことに彼の剣はワイバーンの鱗をいとも簡単に貫き、一撃で倒してしまった。

「すごい……」

見た目は三十前後（後から実はもっと上だということが分かったけど）の、どこにでもいるような、ごく普通の男性。

なのにそのときのわたしは、ワイバーンを打ち倒して宙を舞うその姿に、なぜか英雄譚の一ページでも見たかのような心地で——

「うおっ……？」

「きゃっ？」

——彼がわたしの上に降ってきさえしなければ。

しかもわたしの上に乗ったまま、じろじろと顔を見てくる始末。

「……ねえ、そろそろどいてくれるとありがたいんだけど？」

「あっ、悪ぃ……」

さらには彼が慌てて飛び退こうとした瞬間だった。

むにっ。

「っ⁉」

突然、胸部に覚えた感触にわたしは戦慄する。

見れば、彼が右手でわたしの胸を触っていた。

「ちょ、どこ触ってるのよッ⁉」

「ぶごっ⁉」

気づけばわたしは彼を容赦なく蹴り飛ばしていたわ。

最初の好印象など完璧に霧散。

わたしは心の中で彼に「変態」の烙印を押し、できれば二度と会いたくない人物リストの中へと放り込んだのだった。


……結局、その後すぐに入学試験の会場で再会してしまったのだけれど。

しかも一次試験を経て、もはや形振り構っていられなくなったわたしは、彼に身体を売ってでも力を貸してもらおうとした。

相手は「変態」だし、きっと喜んで応じてくるに違いないと思っていたわ。

なのに――


「……よければ協力し合わない？」

「いいぞ」

「タダでとは言わないわ。……わ、わたしの身体を好きにして――――え？　いいのっ？」

「ちょっと待て。今、お前は何を言おうとした？」

「だ、だってあなたのような変態には、それが一番かと……」

「だから俺は変態じゃねぇ。ナイスミドルだ。とにかく、そんな対価は要らないって」

「本当に？」

「本当だ」

「と油断させつつ、後からもっと酷い要求をしてくる魂胆ね……」

「そんなつもりもない」

信じられないことに何の対価も要らないという。

それでも最初は、そんなことを言いつつも、きっとそのうちイヤらしいことを要求してくるに違いないと覚悟していた。

けれどいつまで経ってもそんな様子はなく……それどころか、わたしのことを対等な協力者として扱ってくれた。

それに彼はわたしがリンスレット家の人間だと知っても、決してそれまでと態度が変わることはなかったわ。

何の根拠も示せないわたしの主張を信じてくれたし、何よりわたしが教えるリンスレット流剣術を真剣に習得しようとしてくれた。

そしてライオスのしつこい勧誘に対して、決闘までして追い払ってくれた。

「……あ、ありがとう」

「いや、むしろ悪い。勝手に口を出してしまって」

「そんな、謝らなくていいわ。……嬉(うれ)しかったから。他人のことなのに、あんなに怒ってくれて……」

わたしは感謝の気持ちを伝えながらも、なぜか彼の顔を真(ま)っ直(す)ぐ見ることができなかった。

顔が熱くて、胸がドキドキと煩くて。

この人にだったら、たとえ変なことされたって——

「ななな っ、何を考えているのよっ、わたしったら……」

彼と別れて宿に戻ったわたしは、自分のおかしな想像を必死に振り払う。

思い出すだけで胸が疼いてしまって、ベッドに潜り込んだ後も、その日はなかなか寝ることができなかった。


四次試験でわたしたちはダンジョンに挑んだ。

情けないことに、わたしはそこでも彼の足を引っ張ってしまった。

右足を怪我してしまい、歩くことも辛くなってしまったわたしに、彼は何を思ったか、急に背中を向けてしゃがみ込んだ。

「……？」

「乗ってくれ」

「……どうして一人で先に行こうとしないの？　あなた一人なら、きっとゴールに辿り着けるはずよ」

「そんなつもりはねーよ」

「どうして？　このままだとあなたまで、三十二人という枠に入れないかもしれないわ」

「お前をこんなところで放置していけるかよ」

わたしは彼に説得されて、結局背中に負ぶわれることに。

悔しさと申し訳なさ。

けれどそれ以上にこのときわたしの胸を支配していたのは、彼の背中に密着することになること
への気恥ずかしさと、それにも勝る嬉しさだった。

「もちろん自分の子供でもおかしくない年齢の少女に手を出したりはしねーよ。だから遠慮なく
乗っかれって」

だけどその言葉に、ちょっと胸が痛くなる。

わたしは子供じゃないわ。

それにあなたが何歳だろうと……。

彼の背中は大きかった。

力強くて、男らしくて、温かくて。

ちょっとだけ汗臭かったけれど、でもその匂いをもっと吸っていたいだなんて、変なことを考え
てしまって。

思わずぎゅっと強く抱きつきながら、わたしは彼の首筋に唇を寄せた。

——好き。

「ん？　何か言ったか？」

「ううん、何でもないわ」

わたしはこのとき決意したわ。

もし入学試験に無事合格できたら。

きっとこの気持ちを彼に伝えよう、って。


……と思っていたのに。

それより前に……えっと、その……か、身体の関係を持ってしまったわ。

それも仕掛けたのはわたしの方。

我ながらなんてはしたないのかしら。

彼のことを「変態」だなんだと言っていたはずなのに……。

だけどこの選択を後悔はしてないわ。

す、すごく気持ち良かったし……。

「……幾ら合格を勝ち取りたいからって、好きでもない男に身体を売るような真似までして。そんなやり方で、お前は本当にそんな自分を誇ることができるのか?」

って、何でそうなるのよっ?

翌朝、彼が口にした言葉にわたしは唖然としてしまった。

「…………ばか」

わたしが唇を尖らせて呟くと、彼は目を白黒させた。

やっぱり分かってないみたい……!

「……好きでもない男にあんなことしないわよ」

「え？」

「だーからっ……」

わたしは怒って、彼の身体に抱きついてやった。

そして自分の気持ちをはっきりと口にする。

「……あなたのことが好きだから、いいと思ったのよ」

「マジですか」

「恥ずかしいんだから、言わなくても察してよっ」

「昨日の夜のことの方がよっぽど恥ずかしい気が……」

「や、やめてよ……。……わたしも酔っていたのかもしれないわ」

「飲んでないだろ？」

「愛に酔っていたのよ」

何を言ってるのかしら、わたし……。

でもきっとそれは間違いじゃない。

ううん、それどころか現在進行形でわたしは酔っていると思う。

だって、こんなにも彼のことが愛おしくて堪らないのだから。

こうしてわたしは大人の女になり、彼の眷姫になり、そして入学試験にも合格。

晴れて彼と一緒に騎士学院に通えるようになった。

のだけれど……。

「ぼくはクルシェだよ！　よろしくね、アリアさん！」

爽（さわ）やかに微笑（ほほえ）む黒髪の少年は、わたしたちがユニットを組むことになった上級生で。

なのに時々、彼のことを意味深な目で見てたりして。

……この人、本当に男なのかしら？

あとがき

※この物語はフィクションでありファンタジーです。リアルでおっさんが酔った勢いで十代の女の子に手を出すと、社会的に死にかねません。気をつけましょう。

どうもはじめまして、作者の九頭七尾(くずしちお)です。

え？　お前こそ気をつけろって？

ははは、何を言ってるんですか。僕は自分と近い年齢の女性にしか興味ありませんよ。ましてや一回りも違う十代の女の子なんて……せいぜい遠くから眺(なが)めて心の中で楽しむくらいでうわ待て何をす（ｒｙ

本作はウェブサイト『小説家になろう』様に掲載している作品です。

まさに酔った勢いというか、ノリで書き始めたようなものだったんですが、ありがたいことに投稿するなり驚くほどの勢いでアクセス数が伸びていき、しかもなんと合計十社からも書籍化の打診をいただけました。

だけど簡単には選べない！

よし、だったらすべての出版社から出そう！

この作品の主人公もハーレムを作るわけだし、俺も出版社ハーレムを作ってやれ！

書籍版は十種類！　印税も十倍でウハウハ！

……というわけにはもちろんいかず。

うんうんと頭を悩ませて考えた結果、すでに別作品の方でもお世話になっていたGA文庫さんから出させていただくことにしました。印税十倍くれてもいいんですよ？


謝辞です。

イラストを担当してくださったへいろー様、ルーカスはカッコいいし、アリアやウェヌスは可愛いしで、控えめに言っても最高です。これからもよろしくお願いします。

また、担当H氏をはじめとするGA文庫編集部の皆様、および出版に当たりご尽力いただいた関係者の皆様、本当にお世話になりました。

そして本作をお読みいただいた読者の皆様へも、心からの感謝を。

ありがとうございました。

九頭七尾

万年Dランクの中年冒険者、
酔った勢いで伝説の剣を引っこ抜く

2018年6月30日　初版第一刷発行

著者　九頭七尾
発行人　小川 淳
発行所　SBクリエイティブ株式会社
〒106-0032　東京都港区六本木2-4-5
03-5549-1201　03-5549-1167（編集）

装丁　AFTERGLOW
印刷・製本　中央精版印刷株式会社

ISBN978-4-7973-9674-4
Printed in Japan

ファンレター、作品のご感想をお待ちしております。
〒106-0032　東京都港区六本木 2-4-5
SBクリエイティブ株式会社
GA文庫編集部 気付

「九頭七尾先生」係
「へいろー先生」係

本書に関するご意見・ご感想は
下のQRコードよりお寄せください。
※アクセスの際に発生する通信費等はご負担ください。

失格紋の最強賢者５　～世界最強の賢者が更に強くなるために転生しました～

著：進行諸島　画：風花風花

『魔法戦闘に最適な紋章』を求め未来へと転生したマティアスは、幸運にも一度目の転生で最強の紋章を手に入れる。しかし未来では魔法戦闘に最適な紋章が「失格紋」扱いされており、その陰にマティアスは魔族の陰謀を感じ取った。

果たして懸念は現実となり、王都は突如魔族の急襲を受けることになった。

しかしマティアスは、栄光紋を持つ少女・ルリイや常魔紋の持ち主アルマ、ドラゴンの少女イリスたちとともに、見事それを迎え撃ち、退ける。

龍脈調査に向かった巨大迷宮でも魔族を倒し、そこで新たな手がかりを掴んだ彼らは、より上位の魔族に迫るため、ついに国境を越えて隣国へと足を踏み入れることになるが――!?

遅すぎた異世界転生 人類を滅ぼした魔王ですけどよかったらウチで働きませんか？

著：なめこ印　画：小龍

　ある日、マサムネは人類を救う勇者として異世界に召喚(しょうかん)された――が。

「人類は、もう滅んだよ」

　異世界転生に〝遅刻〟した彼を待ち受けていたのは、すでに人類を滅ぼしていた魔王シシーだった！　転生即日勇者廃業(はいぎょう)となったマサムネに、シシーは「よかったらウチで働かない？」と持ちかける。

　行くアテのないマサムネはそれを承諾(しょうだく)するが……？

「で、誰を暗殺すればいいんだ？」「いや!?　誰もそんなこと頼んでないからね!?」

　魔王城を舞台に、元勇者が持て余したチート能力であさっての方向に全力疾走!!　時々《ラブコメ》時々《最強》な異世界ファンタジー開幕!!